eromanga sensei
漫畫
伏見つかさ
插畫◆かんざきひろ
7
因動畫而開始的
同居生活
Kadokawa Fantastic Novels

contents

監修委託呢？」
情色漫畫老師
因動畫而開始的同居生活
Sagiri Izumi & Masamun
sei seikats

ersonal Data
齡：？
型：A型
趣：瓶中船、陶藝、
觀賞電影
Shizue
Amamiya
雨宮靜江
擔任動畫版《世界上最可愛的妹妹》
導演的女性，是位無法從外觀看出來
的資深老手。過去曾經跟真希奈一起
製作《星塵☆小魔女梅露露》。
Touko
Akasaka
赤坂透子
Personal
Data
年齡：？
血型：A型
興趣：工作、
兜風
擔任動畫版《世界上最可愛的妹妹》
製作人的女性。年紀輕輕就很有才幹
並擁有許多實際成績，是個做事不擇
手段的現實主義者。雖然絕非善類，
但是當目的相同時就是個值得信賴的
人物。

人際關係最
的天敵。

Tomoe Takasago
高砂智惠

正宗的同學，「高砂書店」的招牌女店員。知道正宗職業的異性朋友。

ria
・

插圖的插
馬，感情

Kyouka Izumi
和泉京香

和泉兄妹的監護人，正宗父親的妹妹。是個從來不會露出笑容，給人冷淡印象的美人。

。雖然手上握有
讓人覺得有點可

Makina Aoi
葵真希奈

Personal Data

年齡：？
血型：O型
使用機種：ALIENWARE
興趣：午睡、手機遊戲

好吃懶做的腳本家。負責動畫版《世界上最可愛的妹妹》的系列構成與腳本，代表作品是《星塵☆小魔女梅露露》。

「非、非常抱歉！請問是什麼時候提出的

「……哥哥。」

Masamune Izumi
和泉正宗

一邊上高中一邊從事小說家的工作，筆名是和泉征宗。有個家裡蹲的妹妹。

Sagiri Izumi
和泉紗霧

跟正宗沒有血緣關係的妹妹。雖然是重度的家裡蹲，但目前以情色漫畫老師這個筆名從事插畫家的工作。喜歡畫色色的圖。

Elf Yamada
山田妖精（筆名）

和泉家的鄰居。隸屬於與正宗不同的出版社，活躍中的超級暢銷作家，自稱大小說家。

Muramasa Senjyu
千壽村征（筆名）

與正宗在同一個出版社活動的年輕前輩作家。是正宗的超級書迷，連他正式出道前所寫的網路小說也全都保存起來了。

Megumi Ji
神野惠

紗霧的同班同學。
強的超級班長，紗

Amelia Arme
亞美莉亞
愛爾梅麗

負責繪製山田妖精小
畫家，跟妖精是青梅
非常要好。

Ayame Kagur
神樂坂菖

正宗他們的責任編輯
許多暢銷作品，但總
疑。

eromanga sensei

因動畫而開始的同居生活

情色漫畫老師

插畫◆かんざきひろ

伏見つかさ

7

Kadokawa Fantastic Novels

情色漫畫老師
ero manga sensei
第一章

和泉正宗／十六歲／高二。

我是個一邊上學一邊從事小說家工作的兼職作家。

筆名是和泉征宗，幾乎是本名。

因為種種原因，從兩年前開始跟家裡蹲的妹妹兩個人住在一起。

這個妹妹還真的是個難搞的傢伙，她完全不肯從房間走出來。

明明一直都住在同一個屋簷下，可是我之前跟妹妹完全無法見到面。我每天都煩惱於想要改變現況，然後做好餐點送去妹妹房間。

這種生活一直持續著。

而這樣的生活發生重大變化，是一年前的事情。

我知道了妹妹「隱藏的身分」。

為我的小說繪製插圖的插畫家「情色漫畫老師」。

這位我之前從來沒有見過面的搭檔。

就是我的妹妹和泉紗霧。

情色漫畫老師是個會進行繪圖的實況轉播，然後主動跟粉絲們聊天聊得很愉快的傢伙。

也是個最喜歡畫色色的插畫，甚至會讓暢銷作家對他獻殷勤的傢伙。

情色漫畫老師就是個這樣的人，而他跟我那個躲在房間裡頭不跟任何人交流的妹妹竟然是同一個人！

這真的不是用嚇到就可以形容。

不過我覺得這是個好機會。也認為這說不定是個契機，可以改善我跟這個不肯走出房間的妹妹之間的關係。

因為只是跟我住在同一間房子，形同陌生人的妹妹——

就是跟我一同創造作品的夥伴啊。

然後……嗯，之後發生很多事情。

我變得能夠進入妹妹總是窩在裡頭的「不敞開的房間」。

妹妹也交到朋友。我對妹妹一見鍾情這件事也被本人知道，結果就是被甩了。

接著我開始跟情色漫畫老師一起創作新作小說。

這部作品——就要動畫化了。

沒錯，真的就在不知不覺之間……過去所立下的「我們的夢想」近在眼前。

已經來到我們觸手可及的距離了。

好啦，就從這裡開始！

第一章

賭上人生的一大勝負，就在夢想實現之後等著我。

等我們兩人的夢想實現，我——

決定要跟喜歡的人求婚。

時間稍微回溯一下。

七月二日，十七點十四分，在出版社的大會議室裡頭。

「嗨，初次見面，和泉老師——」

「恭喜你，《世界上最可愛的妹妹》決定要動畫化了。」

在我的面前，是位戴著圓框眼鏡，露出溫和微笑的少女。

柔軟又帶有波浪捲的頭髮，是豔麗的栗色。看起來跟我相同年紀或甚至更小一點的可愛容貌，鼓起的胸口釋放出強烈的自我主張。

眼鏡的另一頭，是睡眼惺忪的眼睛。

彷彿像是剛睡醒……呃，該不會真的是剛睡醒吧。

表情跟聲音都像是「我才剛睡醒好睏喔～～」這種感覺。

她在這緊張的氣氛裡，顯得格格不入。

再說……

「……動、動畫……？」

我自己也正陷入混亂之中，根本沒有餘裕能冷靜觀察。

……剛、剛才，她說了什麼？這個人……

「請、請問……為什麼我……會被叫過來呢？」

決定動畫化這個單詞到現在都還沒輸入到腦袋裡，於是我這麼詢問。

環視會議室，除了責任編輯神樂坂小姐以外，還有幾名大人在注視我。

房間裡鴉雀無聲，連自己吞嚥口水的聲音都聽得很清楚。

「這當然是為了……」

回答的人是神樂坂小姐。

「動畫《世界上最可愛的妹妹》的──第一次腳本會議啦。」

腳本會議……這……

這表示要對動畫的劇情進行討論……是嗎？

「────要動畫化……了嗎？是我的……作品嗎？」

我終於把這句話說出口了。

「所～～以～～說～～從一開始我不～～就這麼說了嗎～～……呼啊。」

綻放異彩的眼鏡少女，在我正對面邊打哈欠邊說著。

只不過這個聲音，完全沒有傳到我耳中。不，雖然我有聽見，但沒有空閒去思考。
我茫然地站在原地，腦袋裡頭有各種思緒在打轉。
「…………………………………」
咦？動畫化？要進行？是我——我們的作品嗎？
我完全沒聽說啊！責任編輯神樂坂小姐也完全沒展現出那種態度……！
可、可是！怎麼想也不覺得她會為了惡整我而設置這樣的場面……
這麼說，是真的？真的真的……是真的？
喂喂喂……這就表示……這就表示……
「我們的夢想」就快要實現……
「和泉征宗老師？喂，你有聽見嗎？喂，少年，你有在聽嗎——？」
……然後……我……我要……！
「唔喔喔喔喔喔喔，結婚啦！」
「呀啊！」
啊！糟糕！由於動畫化的衝擊，我不小心把內心的話直接大喊出來。
聽到慘叫聲而回過神以後，我邊眨眼睛邊確認眼前的狀況。
我以有如拳王拉歐的姿勢，朝天空高舉緊握的拳頭。在我對面的戴眼鏡少女，她就這樣坐在椅子上露出大吃一驚的模樣，連把歪掉的眼鏡重新戴好的餘裕都沒有。

「……剛才那句話……是對我說的嗎？」

「啊，不是！」

這下不好！產生天大的誤會了！

眼鏡少女在困惑的同時，臉頰也變得火紅。

「哎、哎喲……呼嘿嘿嘿，被第一次見面的男孩子求婚讓姊姊好心動喔～……這就是……所謂的一見鍾情嗎？」

「不是！」

我全力否定。

怎麼能在這種地方被不認識的人，奪走我的初次求婚！

結果她疑惑地側著頭。

「哦？這麼說來，你是從以前就喜歡我嘍。」

「說起來這根本不是求婚！」

「可是你剛才對我說結婚吧～這句話耶。」

「那是我打算在動畫化成功之後要跟喜歡的人求婚！然後不小心講出口而已……真的很抱歉！」

我站著深深一鞠躬道歉。關於「我們的夢想」由於很難說明，所以就在此省略——不過我在這種超正經的場合，怎麼闖出這種禍啊……！

哇啊啊啊，如果動畫化的事情因此取消該怎麼辦！

「喔呵，動畫成功之後就要求婚！好厲害，好像漫畫一樣！」

看著臉色發青的我，眼鏡少女大聲做出這種反應。

「說起來，少年你幾歲啊。」

「十、十六歲。」

「好年輕！這種年紀就要結婚？」

「素滴。」

我們產生這種對話，話說這個人到底是誰呢？

既然她坐在中間……難道說，是導演之類的？

雖然看起來年輕到沒資格講我很年輕。應該說，她的年紀看起來甚至比我還小啊。

「喂～導演妳有聽見嗎？這位少年的命運，好像全部都要依靠我們的本領了喔～」

「……嗯……好好加油……吧。」

啊，這個人不是導演。

被眼鏡少女稱呼為「導演」的人，是坐在我對面偏左側一位身材高挑的女性。

她露出溫和的微笑，看起來是個很和善的人。

「哇啊～哇啊～少年的戀情真令人眼紅～好想妨礙年輕人的青春來感受愉悅～導演妳也是這麼想的吧～」

「……嗯……這很……難說？」

「啊～熬夜的睡意都被吹跑啦～可惡～開始想要故意讓動畫化失敗了～」

「……要製作成什麼樣的影像……才好呢……真期待……」

這兩個人的對話……真的有成立嗎？

這個動畫製作團隊，沒問題吧。明明都還沒開始打招呼，就開始令人不安了……

「妳們兩位，雖然妳們聊得正起勁，但很不好意思，和泉老師他還站著呢。」

「啊，抱歉。」

「……是。」

阻止這段閒聊的，是站在長桌右側身穿長褲套裝的女性。

黑色的短髮配上低沉的聲色。

有著銳利眼神的凜然容貌，就像是男裝的麗人。

超適合拿起西洋劍跟薔薇的她，有如主導現場般說著：

「老師，請坐吧。」

「啊，好的。」

光靠這段對話，就能知道這個人是地位最高的。

我照她所說的坐下來。

「那麼我們重新開始進行動畫《世界上最可愛的妹妹》第一次的腳本會議吧。」

首先從自我介紹開始，麗人把手伸向自己胸前。

「我是動畫製作人赤坂，今後還請多多指教。」

她特地走到我身邊把名片遞給我。

她是赤坂透子小姐。

在她之後是「導演」站起來，並且第一次說出正經的台詞。

「……我是導演，雨宮……靜枝。」

雨宮靜枝導演。

……看來好像真的是個沉默寡言的人。

從今後要一起工作的情況看來，跟她之間的溝通感覺會費上一番功夫。

「接下來換我喔～～」

圓框眼鏡的少女再次變得睡眼惺忪，邊打哈欠邊舉起一隻手。

「我是葵真希奈，負責腳本～～也就是說……呼啊……少年，這次的動畫我就是『你直接接觸的工作對象』喔～～」

「……………………………………」

……真的假的？

這個看起來沒啥幹勁的眼鏡少女……竟是動畫的腳本家！

我認真看著圓框眼鏡的少女。

「我……直接接觸的工作對象……」

「對對對，你的工作～～就是要跟我講很多很多話喔～～」

她緩緩露出笑容。

「你也不用太拘謹，直接叫姊姊真希奈就好喔。」

就這樣。

「我們的夢想」的最高潮，就在不安與期待互相交織的形式下開始運作。

第一次腳本會議就在主要成員見面──也就是自我介紹後結束。

具體性的內容，會從第二次會議開始──似乎是這麼一回事。

哎，因為我當然沒有任何準備，要是突然說要開腳本會議我也不知道該怎麼辦，所以這樣是不錯啦。

再說，我現在也還處於混亂中。腦袋裡頭昏昏沉沉的，視野看起來也產生扭曲。

總而言之──

我就這樣興奮不已地奔馳在歸途上。

──快點！要快點把這個大消息，告訴情色漫畫老師才行！

「唔……」

我就連打開玄關大門的鎖都覺得不耐煩。鑰匙遲遲無法順利插進鑰匙孔裡頭，讓人陷入苦戰。

總算打開門衝進去後，我粗暴地脫掉鞋子飛奔上樓梯。

咚咚咚咚咚咚！

「情色漫畫老師！有大事發生了，情色漫畫老師！」

「人家不認識叫那種名字的人！」

當我抵達二樓時，「不敞開的房間」的房門被猛烈開啟，紗霧滿臉通紅地走出來。

也許是才剛結束實況轉播，「情色漫畫老師」的面具還斜斜地掛在她頭上。

「哥、哥哥你，是要我講幾次才聽得懂啊！」

「不、不不不、不是講那種事的時候了！妳冷冷冷冷、冷靜聽我說！」

我就這樣呼吸紊亂地緊抓住妹妹的雙肩。

結果紗霧似乎很厭惡地瞇起眼睛，把我的手拍掉。

「……你自己先冷靜下來。真是的……不要緊抓住妹妹又在那邊喘氣啦，噁心死了。」

這傢伙還挺會講些讓人精神受創的話耶。

我沮喪地低下頭並且不停喘氣。

「哈啊……哈啊…………呼。」

「……冷靜下來了嗎？」

「喔，嗯……」

「所以……是什麼事？」

「就、就是啊。妳——妳冷靜聽我說喔，紗霧，沒想到……沒想到喔。」

「開場白也太長了，夠了快點講啦。」

「……我很擔心妳那纖細的精神啊……算了，那我要說嘍。」

「請便。」

獲得妹妹許可之後，我深深吸了一口氣——

「我們的作品《世界上最可愛的妹妹》，沒想到竟然要動畫化了！」

「啊，嗯，這我知道。」

「咦～～～～？」

這是什麼情況！

「怎、怎、怎麼一回事？」

我感到驚訝的程度跟被告知說要動畫化的時候差不多耶。

「因為今天是動畫化的官方發表日，而且也有找我畫主視覺插畫……所以根本不可能不知道啊。」

「…………………」

等等，我的腦袋現在有點轉不過來。

雖然腳本會議上是有提到說，今天會在官方網站發表動畫化消息──

「……難道說……哥哥……你不知道嗎？」

「……嗯、嗯。」

「是、是這樣……啊。」

我悄悄把自己的視線，從妹妹關懷的眼神上移開。

「……說起來，為什麼我明明是原作者，卻到了發表當天才被告知說已經決定要動畫化了啊。」

「不、不清楚耶……神樂坂小姐只跟我說『我會在適當的時機告訴和泉老師，所以請暫時保密』……這樣的話。」

拜託真的饒了我吧。

那個人絕對只是想用「決定動畫化」來嚇嚇我而已。

為什麼這種重大發表，身為原作者的我得跟書迷在一樣的時機被告知啊！如果我是會說「這作品絕對不會動畫化！」的人，那該怎麼辦才好？

不對，我不會說這種話，這對方也應該很清楚吧。

每次都搞得我內心充滿疙瘩。

明明是值得慶賀的日子，我的內心卻一肚子火。但下個瞬間，這些情緒就全都被吹跑了。

紗霧一下子變得滿臉通紅，接著低下頭說：

「……我還以為哥哥早就已經知道……了……所以……才、才會……說出那樣的……話來。」

——等「我們的夢想」實現的時候，我有些話想對妳說。

「啊……不……那個是……」

「不是嗎？」

「嗯，那是在完全不知情的情況下說出來的。老實說，我以為會是更久以後的事情。」

「是、是這樣啊。」

紗霧焦急地抬頭看著我，身體也忸忸怩怩地縮成一團——似乎是害羞地感到動搖。

「紗霧，雖然我沒有想到……夢想會這麼早就實現……但是——我會對妳說出來的。」

「……嗯。」

紗霧點點頭，接著緩緩抬起頭來。

「我也……會好好……介紹一下。我……喜歡的人……非常……非常…………最喜歡的人。」

紗霧的強烈想法，從表情、動作、聲音……這一切之中傳達過來。

我胸口雖然感到一陣劇痛，但還是這麼說：

「嗯，到時候我會全力迎擊的。」

不是以哥哥的身分，而是以一名喜歡紗霧的男人這個身分。

想要笑我很可憐就儘管笑吧，想要罵我很噁心就盡量罵吧。

我已經徹底體會過了。

人類隨時會死。

自己重視的人明天是不是還能活蹦亂跳，這點永遠無法知道。

未來沒有任何保證可言。平穩又幸福的日常，也不可能永遠持續下去。

如果不把心意傳達給對方知道，將來一定會後悔。

能夠掌握幸福的，想必就是在必須緊抓住機會時就拚命抓住的人。

在那之後，就是賭上性命去維持它吧。

而連大人都還稱不上又還不成熟的我，如果不賭上一切拚命爭取就絕對無法獲得。

我已經做好覺悟要拚命逞強，成為一個旁人看來很可憐的傢伙了。

就讓我全神貫注地——來挑戰吧。

「是從現在開始喔，和泉老師。」

「嗯，是從現在開始呢，情色漫畫老師。」

第一章

紗霧高舉的平板電腦上，映出《世界上最可愛妹妹》的官方網站。
上頭寫著「動畫化決定！」的幾個巨大文字。
我百感交集地看著網站。
我們兄妹的全新挑戰，就要開始了。

這天晚上，我在紗霧的房間裡頭跟她一起閒聊。
聊第一次腳本會議的詳細內容，還有都是女性的動畫團隊成員——也就是腳本家葵真希奈、雨宮導演、赤坂製作人以及其他在會議上被介紹給我認識的製作團隊成員。
「葵真希奈……小姐……這個名字我很熟悉。」
「是很有名的人嗎？」
「嗯……那個……我很喜歡喔。」
「喔～～是紗霧喜歡的腳本家啊。那這樣真是不錯。」
「嗯……我很高興。」
她哼哼地顯得神氣十足。
看來對紗霧而言，這似乎是個相當不錯的消息。

「不過……原來她是那麼年輕的女孩子啊。」

「嗯……只不過外觀看起來雖然比我還小，但實際上年紀似乎比我大。」

畢竟她也說自己是「姊姊」嘛。

「……幾歲？」

「不清楚耶……我也不好意思問女孩子年齡。」

「……很可愛嗎？」

「咦？啊、喔……應該算是……可愛吧。」

「哦～」

幹麼啦。

「是怎麼樣的可愛？」

「咦……？」

就算這樣問，我也只會覺得困擾啊。

說戴著眼鏡然後胸部很大的話，好像會讓她生氣。

「呃……我想想……………該怎麼說呢……就像是邊曬太陽邊睡覺的貓咪……這種感覺？」

「唔……聽不太懂，個性呢？」

「個性……該說令人難以捉摸嗎？總之搞不太清楚。」

「第一印象呢？」

「感覺軟趴趴的。」

「……那什麼啊？」

呃，真的是這樣啊。

再說紗霧怎麼突然如此執著地詢問。

「不管怎麼說，得好好預習一下了。總之，真希奈小姐跟雨宮導演——還有赤坂製作人也是。那些人經手製作過的動畫，我想要全部看過一遍。」

有共通話題也比較能讓關係融洽，同時也能當成製作上的基準吧。

——你的工作～就是要跟我講很多很多話喔～

雖然原作者在腳本會議要做些什麼才好，我實在搞不太懂。

不過一起工作的人們過去製作過什麼樣的動畫，這點我必須要了解一下才行。

「……這樣的話，我有買藍光光碟……下次要一起看嗎？……在這邊。」

「喔，真的嗎？」

「嗯……赤坂製作人、雨宮導演跟腳本家葵真希奈……這三個人一起製作的作品裡頭最有名的系列作品，我全部都有。」

不愧是情色漫畫老師。實際上我並不是會去買動畫藍光光碟的人，而且也對動畫不是那麼了解，所以有個宅度夠高的搭檔真是令人感激。

而且跟妹妹一起觀看動畫——

好像在為「我們的夢想」進行預演一樣，我好開心，甚至都快笑出來了。
不過地點是在「不敞開的房間」這點，倒是感到有點可惜。
「順便問一下，那個有名的系列作品是什麼？」
「你不知道嗎？嗯……就是這個！」
紗霧把斜掛在頭上的「情色漫畫老師」面具拿下來，然後遞給我。
「《星塵☆小魔女梅露露》。」

週末過完後，我以輕快的腳步踏上前往高中的路程。
昨天晚上興奮到幾乎沒怎麼睡，可是卻一點都不覺得累。
內心一直感到非常激動。
不安和期待交織，讓人相當興奮。
簡直就像是當初決定要以小說家身分出道的那個時候一樣。
我雖然沒有經驗，但是第一次交到女朋友的時候大概也會像是這樣吧。
「呵呵呵……呵呵呵！呼呵呵！」
興高采烈到不行。
心情上幾乎像是現在就想帶紙箱到荒川河邊，然後玩個一百趟左右的滑河堤。順便說一下，滑河堤就是把紙箱當成滑板滑下河堤坡道，是足立區民大家都很熟悉的遊戲，非常好玩喔！

當我以幾乎想要小跳步的興奮情緒走在路上時，有道耳熟的聲音叫住我。

「喂～阿宗～」

「喔，是智惠啊！早安——啊！哎呀～妳今天超可愛的耶！胸部也好大喔！」

「你在說什麼啊！」

智惠驚訝到瞪大眼睛，並且用手緊抱住身體，形成強調胸部曲線的姿勢。

「……啊，抱歉。因為情緒太亢奮，結果就講出和泉正宗不應該說出口的台詞了。」

「啊——嚇我一跳。突然講些奇怪的話來……害我還以為你的精神已經被異世界生物侵蝕了。」

「我有那麼奇怪嗎？」

竟然用這種像是輕小說的比喻。

「很奇怪啊～還以為我接下來就會悲慘地被帶進毫無人煙的巷子裡頭，接著被變身成觸手型態的冒牌阿宗弄得全身黏答答的呢。」

「妳的妄想也太豐富了吧！」

竟然用這種像是二次元DreamNovels（註：日本的十八禁二次元情色小說系列）的比喻。

她是高砂智惠，附近書店的獨生女，是少數理解我的人也是我的好朋友。

「哎，那種玩笑話就先放一邊。」

穿著制服的智惠就這樣提著書包，並用另一隻手「咳咳」地作勢清咳一聲。

接著——

「阿宗，恭喜你喔——！」

她用力抱緊我。

「哇啊！」

「你成功了耶！終於要動畫化了喔！我一直都相信你能辦到的！」

「妳這傢伙……這時候才講這種逢迎奉承的話！」

因為女孩子的柔軟感觸使我內心動搖不已的同時——

我就這樣被智惠抱著，在原地轉起圈圈。

「妳這貪婪的書店女！我可沒忘記上一部系列作品妳是怎麼冷漠對待我的！」

「新系列作品我就很公平對待了吧！而且你的書能在這附近賣出去，多多少少都是我的功勞喔！希望你能好好感謝我！」

「呀呼～～真是感謝妳！」

雖然智惠跟我平常都不會做出這種事，但只有今天是特別的。

完全是高興到開始做些蠢事。

「呵呵呵，這樣子阿宗要實現那個約定的日子也接近了呢。」

「咦？什麼約定？」

「喂喂，你忘記了嗎？滿久之前我不是講過嗎～～？如果阿宗能有名到可以動畫化，而且變得很有錢的話——」

智惠把臉逼近到我身邊。

「『要我當阿宗的新娘子也可以喔。』這件事！」

「畢竟金錢才是妳的目的嘛——這句話我也說過吧！」

今天是人生裡最棒的日子……即使這麼形容是有點過頭。

但這也是個互相說些玩笑話的愉快早晨。

我和泉正宗的「特別日子」，到了學校也依舊持續著。

以前曾發生過有個名叫山田妖精的蠢蛋跑來教室的事件。從那次以後，我的真實身分是輕小說作家「和泉征宗」大家已經都知道了。

在智惠跟善良的同班同學們的關照下，基本上沒有發生什麼事情。也沒有人直接跑來找我講些什麼——到現在為止都是如此。

不過，當《世界上最可愛的妹妹》發表要動畫化以後——狀況就改變了。

剛到學校我在自己座位坐下以後，有一名人物來到教室裡。

「請問……和泉同學……他有……在這個班上嗎？」

這是有如女學生要進行告白前的萌萌台詞。

但很遺憾的，說這句話的人是男性。

我記得他是隔壁班的內田同學，他應該是喜歡動畫的宅宅團體的其中一員。
我被內田同學叫到走廊上，接著他對我說：
「請問……和泉同學您就是和泉征宗老師……沒錯吧。」
「啊，嗯，是……沒錯。」
當同學年的宅宅對我用敬語講話時，該怎麼辦才好？
接下來他在感到為難的我眼前用力低下頭……
「我是《世界妹》的書迷！恭喜您的作品動畫化！」
「喔、喔……謝謝。」
「請好好加油！我會繼續支持您的！」
然後眼睛炯炯有神地這麼說著。
我又是高興又是難為情同時也感到害羞，真的很辛苦。
這種事情光是今天就發生好幾次。
然後到了放學時……
「和泉老師要回去啦！」
「把路讓出來！」
我在一天之內，就成為宅宅團體的王者。
「來，老師請走吧！」

「…………………」

受到有如學校老大般的待遇。

「老師，明天預定要在我們四高現視研舉辦握手會！」

和有如偶像般的待遇。

遠處還有高中女生們在看著我們這群人，竊竊私語地說：「討厭，那是什麼情況～」

拜託真的快住手，我羞恥到快死掉了。

「……阿宗，你是想要做這種事情，才成為輕小說作家的嗎？」

怎麼可能是啊！說起來我的書迷啊……真的沒有女孩子耶！

啊，喂！那邊的宅宅，不要把我的書當成水戶黃門的印籠一樣現出來好嗎！

不要把《世界上最可愛的妹妹》這種書名的萌系輕小說，大搖大擺地在學校裡亮出來！

每次聽到有人在學校閱讀輕小說就被輕視或是被老師沒收時，作者可是都會感到無比心痛的啊！給我偷偷閱讀啊！這種話題只要在相同屬性的宅宅之間聊就好！

總而言之。

動畫化發表的衝擊，對和泉正宗周圍的震撼比想像中還要強烈。

我終於在校門口從宅宅團體解放出來，在強烈日光的照耀下緩緩踏上歸途。

由於突然間發生太多事情，我腦袋感到一陣刺痛。

雖然動畫開始製作，但我依舊連要做些什麼才好都不知道。
即使說是原作者……但和泉征宗還是個只懂得撰寫小說的孩子而已。
同時也懷抱著接下來會有什麼事物等待，自己到底能做些什麼的不安。
「……唉，真可怕。」
從額頭滲出的汗水，混雜著冷汗在其中。
吵吵鬧鬧地為自己感到高興的智惠，還有宅宅同學們的臉龐不斷浮現又消失。
受到莫大祝福的同時，也有對個人而言太過巨大的煩惱逐漸誕生。
也就是必須回應眾人期待不可，這種近乎脅迫的沉重壓力。
漫畫化時雖然也有感受過……但是走到這一步，「我們的夢想」說不定已經漸漸變成不是只屬於我們的事物。
這令人感到寂寞也覺得開心，然後……更感到恐懼。
當我低下頭，緊咬著嘴唇時——
「太慢——啦！」
一道比陽光更耀眼的聲音灌注而下。
抬頭一看，前方有位把手扠在腰際挺起胸膛的金髮美少女。
「妖精。」
在我家前面等著我的人，是山田妖精。

棲息在隔壁的暢銷輕小說作家。

——征宗，本小姐最喜歡你了。

也是對我告白好幾次，對我說她喜歡我的對象。
普通來說，不管怎麼回答都會讓雙方關係陷入尷尬的對象。
可是她實在一點也不普通。
「喂，征宗！本小姐為了迎接你都在這邊等待許久了，為什麼遲遲沒有回來啊！」
「因為決定動畫化的關係，學校有一大堆書迷找我講話啊。」
「啊，是喔。恭喜你動畫化啦。」
「喔。」
畢竟是已經聽了好幾次的台詞，所以沒有像今天早上那樣吵吵鬧鬧的。
「說起來，果然已經決定要動畫化了嘛。竟然連本小姐都隱瞞著不說，征宗你還真是狂妄。」
不，我是真的沒有被告知啊……但這句話可說不出口。
妖精大膽無畏地把手按在胸前……
「這樣我們就是對等了。」

說了這句話。

「征宗……你真是幹得不錯。到此為止的旅程，想必相當艱苦吧。」

「……妳突然講些什麼啊。」

這種好像洞悉一切的台詞，只讓人覺得很煩。

「呵嘿嘿……你已經不需要忍耐嘍。因為本小姐山田妖精是朵太過高貴的高嶺之花，我們兩人無法門當戶對是你身為作家的最大煩惱，所以至今才一直拒絕本小姐的示愛對吧。來吧，征宗！同樣成為對等的動畫化作家的這一刻，來對本小姐求婚吧！」

「我才沒有那種設定。」

那根本就是另外一個人吧。

「比起那種事情，請給決定動畫化的我一點建議吧，前輩。」

「比起那種事情？你跟本小姐的戀情，竟然被說成是那種事情！」

沒錯，我跟妖精的關係，並不普通——而是這種感覺。

「唔……算了，你就說說看吧。」

我決定把自己的煩惱，向心情不好到嘴巴都噘成ㄟ字型的暢銷作家前輩說出來。

「……發表動畫化之後，我受到大家的祝福……這讓我想了很多……然後不知為何，就突然開始害怕起來。」

於是我把剛才內心的不安，向前輩說明。

「什麼嘛，是這種事啊。」

妖精像是要報復回來般很乾脆地說著。

「真笨耶～動畫化又不是什麼大不了的事情，不用那麼緊張啦。」

「那是妳自己作品的動畫很成功，所以才能講這種話吧！」

「這段發言本小姐超有異議，也想問是用什麼當基準來決定成敗的，不過現在就算了。本小姐之所以說這不是什麼大不了的事情呢——是因為就算你的動畫化超級失敗，也不會就因此死掉啊。」

「————」

「背叛粉絲的期待，被許多人嘲諷，經歷上多一次的失敗，對今後的工作產生影響，然後你會超超超超～～～級不甘心，就只是這樣而已吧。性命不會被奪走，至今所有的一切不會歸零，也不會讓社會地位毀滅，更不會讓作家生命被這件事斷送吧。」

「這個嘛——也許，是這樣沒錯。」

「如果在人生最重要的勝負裡輸掉，那就去哭個三天三夜，在床上痛苦地滾來滾去，然後遷怒到周圍的事物上並陷入消沉，最後徹底地悔恨一番——」

咚，妖精用手背敲敲我的胸膛。

「接下來，就露出得意的笑容再挑戰一次吧。」

「……說得還真簡單。」

實際上，如果是妖精就會這麼做吧。

輸掉以後會超不甘心，但也是這樣才有趣──想必她會這麼說。

我也發現自己身上的沉重壓力與恐懼都減輕了。

「真是有妖精學姊風格的激勵，非常感謝妳。」

「呵嘿嘿，不用客氣。畢竟，所謂的動畫化只不過是有死亡懲罰然後可以重新挑戰的簡單遊戲。決定勝負的是百分之五十的運氣、百分之三十的努力、百分之三十的頭腦、百分之八的靈光乍現，合計百分之百喔。」

不要在講帥氣台詞的途中算錯數字啦。

這會讓人想笑耶。可惡，還真可愛。

「就算你什麼都不做，該贏的時候就是會贏。真的無可奈何的時候，做再多也都是無可奈何，所以再怎麼逞強也沒用，根本就沒啥好怕的。相較之下，這可是人生中遇不上幾次的難得祭典，你盡情地去玩一玩吧。」

她一口氣把臉逼近過來──

「那可是超有趣的喔！」

接下來我從妖精學姊那邊，聽聞了許多決定動畫化之後的有趣話題。為了甄選聲優而聚集了一百名以上的聲優，然後興奮不已地選定的事情。聽到聲優的聲音跟角色太過符合，於是即興寫出廣播劇ＣＤ的事情。

在腳本會議上，思考要怎麼讓這部作品成為有趣的動畫——於是跟製作小組熱烈討論的事情。邊吵架但同時也建立起信賴關係，製作出優秀影象的事情。

實況轉播時，粉絲們愉快收看的聲音。

自己監修到快要死掉的遊戲大受好評地熱賣的事情。

各地的書店或動漫商店舉辦的展覽會，車站或街上的招牌都有自己作品的角色出現的自豪感。幾乎每天都會送來的新商品企畫書。

在豪華飯店的大型會場舉辦的慶功宴——

山田妖精老師這些在奇蹟般的銷售量裡所體驗的事情，每一個都是金碧輝煌的經歷，我彷彿像在聽著天方夜譚。

——我們的動畫，恐怕是沒辦法這麼順利吧。

不會說著「我也會做給妳看！」並燃起鬥志，而是開始冷靜思考這種想法，就是和泉正宗這個小鬼的壞習慣。這種絕對不是輕小說主角，而是跑龍套配角的思考方式。

話雖如此——

「……我也不是……什麼感覺都沒有。」

我從尊敬的前輩那邊，獲得點燃內心的火種。

並且確信這將會成為實現夢想的力量。

「好啦，別在這擔心害怕了，把該做的事情做一做吧。」

我暫時忘記動畫的事情，開始撰寫原作小說的後續。

我是小說家。

把有趣的小說送到讀者手中，是我最重要的工作。

託妖精的福，終於讓我減輕動畫化所造成的沉重壓力。可是這時卻有個傢伙出現，來對我這積極的心情澆冷水。

「是嗎～你終於動畫化啦～～……我想應該很難順利成功吧，所以和泉你也別太洩氣喔。」

「不要在還沒開始製作的時候就跑來這樣安慰我好嗎！」

特地跑來我家拜訪的人，是草薙學長。

彷彿桐人一樣身穿黑色衣服的這個人，是我的前輩作家。

也是個經過動畫化後墮入黑暗面的可憐人。

「但你知道嗎？現在不管哪部輕小說改編的動畫都賣得很辛苦喔。難道你以為只有自己的作品能順利嗎？會不會太天真了點？」

「我當然也知道事情沒有那麼簡單啊！所以才更要鼓起幹勁，讓作品成為更棒的動畫才對吧！」

「對喔，畢竟這是你重要的『夢想』嘛。」

「是的。」

他把手擺到我肩膀上。

「……能順利就好了呢。」

「禁止講得那麼悲哀！前輩你給我等一下！你是特地來削減我鬥志的嗎！」

「這個嘛。嗯，是這樣沒錯。」

還真的是這樣喔，你怎麼不去死一死好了。

「…………………」

「和泉，別擺這種表情嘛。你應該有些事情，想要問問我這個有動畫化經驗的人吧。」

「啊，這我已經從妖精老師那邊聽過，所以不用了。」

「暢銷作家拿來炫耀的事情，你覺得能夠當成自己的參考案例嗎？」

你是我們這邊的人吧，可不要搞錯了喔。前輩像這樣把現實推到我眼前。

可惡……

不過……看到這個人以後，就不會因為要動畫化而得意忘形了。畢竟我的作品也不像妖精的《暗黑妖精》在動畫化前就有亮眼的銷售成績，所以也不會有這種期待。

原本站在玄關門口講話的我……

「……唉。」

當場蹲了下來。

我自己也知道，所以別說出來啦……就讓我再高興一個星期左右好不好……

結果草薙學長露出「糟糕，講得太過火了。」的表情。

「那個，和泉——關於我的動畫，你有什麼感覺？」

「咦？」

我忍不住抬頭看著他的臉。

「呃……」

真是難以回答的問題。

當我感到為難時，草薙學長露出開朗的笑容。

「不用那麼客氣，你應該覺得是失敗了吧。」

「喔，嗯。」

「這樣啊，但我覺得是成功了喔。」

這句意外的台詞，讓我不停眨眼。

他接著繼續這麼說：

「雖然大家都揶揄說這作品徹底失敗了，但我卻不這麼覺得。雖然銷售量確實是不盡理想，也遇到一堆突發狀況使得網路評價不停延燒。沒辦法讓所有書迷盡情享受，這我真的覺得很抱歉。關於這點我現在還一直被人抱怨，也常常感到很沮喪。即使如此，我還是能夠接受那樣的完成度，也很感謝製作小組。能做的事情已經全都做完了，這我能挺起胸膛說出口。這可是真心話喔，呃，也就是說……我到底想說什麼呢。」

草薙學長不停搔頭，話語也在口中猶豫。

「不管結果如何，當全部結束時就要讓自己能夠接受結果喔。『如果動畫順利成功就好了～』這種想法，你可不要隨便在心裡頭想。你可是當事人喔，成功時你得是最興高采烈的人，失敗時你也必須是最不甘心的人。不然真的不會留下任何成果喔。」

「不用你說我也打算這麼做。」

當我回瞪他一眼時，草薙學長就用裝模作樣的嘲諷語氣……

「喔——那和泉你回答我吧。對你來說，何謂動畫的成功？」

說說看你的勝利條件是什麼吧，他這麼說著。

那種事情，打從一開始就決定好了。

「觀賞我們製作的動畫，讓妹妹露出歡笑。」

雖然我坦蕩蕩地說出口，不過高昂的心情被潑了一桶冷水也是真的。

可惡——雖然那個傢伙最後講得好像在訓話一樣，但我可不會被騙。

結果只是自己想要來發個牢騷而已嘛。

……呼，不過嘛……

對我來說何謂動畫化，還有怎麼樣才算是成功。

這也許是個回歸原點重新檢視的好機會。

就像這樣，當草薙學長回去以後。

我們家又來了新的客人。

「哈～囉，征宗，我來玩嘍～」

「征宗學弟，恭喜你。」

是愛爾咪和村征學姊。

服裝有如少年般的雙馬尾少女，就是愛爾咪老師亞美莉亞・愛爾梅麗亞。

她是插畫家兼漫畫家，對紗霧而言則是等同師姊般的人物。跟創下奇蹟般銷售紀錄的動畫《爆炎的暗黑妖精》也有很深的關聯。

然後身穿和服的黑髮美少女是千壽村征。

她是跟我在相同文庫活躍的偉大前輩。

雖然她們兩位跟往常一樣，是來為我跟紗霧的動畫化祝賀的——

「謝啦，兩位都請上來吧。不過，這樣剛好。」

「嗯？這話什麼意思？」

「我正好想跟愛爾咪老師聊一下呢。」

「哦～～是動畫的事情嗎？」

直覺果然很強，愛爾咪像是要展現虎牙般露出得意的笑容。

「對對對，該說是想商量一下呢，還是說想聽聞一下心態上該怎麼準備。」

不管怎麼說，經驗人士講的話還是非常受用……草薙學長的牢騷姑且也算進去。

「好啊～～我也有些話想要對你說一下。」

這就像是一段同性朋友之間的輕鬆對話。

從旁看到這一幕的村征學姊，不滿地鼓起臉頰。

「征宗學弟，你不找我商量嗎？」

「咦？」

「那個動畫化什麼的，我好像也有做過的樣子喔。」

啪，學姊輕敲胸膛宣揚這一點。

「啊，關於這點我沒有想問村征學姊的事情。」

「為什麼！」

她還聽不懂喔。

「呃……我可以直接講出來嗎？」

「嗯。」

「就算問學姊妳『動畫化時該有什麼樣的心態』也沒有意義啊。」

「你真的直接講出來了！這樣我的內心會受傷耶！」

學姊在玄關大發雷霆。

因為光是對於動畫化「好像也有做過」的這種說法，就已經很莫名其妙啦。即使有過動畫化的經驗，但這個人對於跨媒體製作根本毫無興趣，也完全不參與動畫的製作。甚至就算觀看到自己作品的動畫，也沒有發現到原作者就是自己。跟這樣的人，到底能討論動畫化的什麼事情呢？

「的、的確，身為原作者我沒有辦法給你任何建議！但是——」

學姊擺出誇大的動作，用手掌顯示自己。

「身為和泉征宗老師的一位書迷，就有許許多多想說的話……好痛！」

愛爾咪的手刀，直接劈在大聲喊話的學姊頭頂。

「漫、漫畫家妳是在幹什麼！」

學姊似乎咬到舌頭，淚眼汪汪地發脾氣。

相對地，發出強烈吐嘈的愛爾咪傻眼地說：

「妳這原作廚不要在別人家玄關吵吵鬧鬧的啦，給我安靜點。」

「妳說什麼……」

「啥？」

兩名美少女在近距離互相瞪視。

「……那個……可以不要在別人家的玄關吵架嗎？」

「好啦。不如說，稍微出去一下吧。」

「唔，妳想在外頭決鬥是吧！」

「快住手！拜託真的不要在我家附近大打出手！說『別在玄關吵架』不是要妳們去外頭解決的意思……！」

「我知道啦，我這是要講動畫就到外頭討論的意思。」

「……咦？為什麼？」

當我這麼一問，愛爾咪從玄關往「不敞開的房間」方向看了一眼，並小聲說：

「我想在絕對不會被紗霧聽見的地方討論。」

聽完愛爾咪意義深遠的發言後，我們就從玄關走向外頭。

話雖如此，但真的只是到附近，大約走二十公尺左右的位置。

古老的天橋，跨越在平和橋街上。

「……到這附近就行了吧，嘿咻～～」

愛爾咪在天橋前面擺出小混混的蹲姿蹲下來。

「不要用那種蹲姿，太粗魯了。」

這蹲姿實在適合到有點恐怖。

「好啦好啦，征宗你不要講那種像是克里斯大哥會講的話啦。」

「所以？不想讓紗霧聽見的動畫話題是？」

雖然我覺得直接在玄關講，二樓應該也聽不見。

「關於這點啊。」

愛爾咪站起來，暫時有些不知道該怎麼說。

最後她終於開口，用認真的語氣說：

「我有件事要拜託『和泉正宗』。」

「請你要好好保護紗霧。」

「…………………………」

我跟村征學姊都瞪大眼睛無法言語。有好一段時間都在思考她說出來的這句話，最後才終於沉重地開口說：

「……這是什麼意思？」

「你們兩人的『夢想』，這老子我也知道。原本的紗霧明明稍微碰觸一下就可能受傷害，是個非常脆弱的女孩——但是在夢想的支撐下，現在正非常努力奮鬥著。這是為了實現你們兩人的夢想——而且是不顧一切地拚命。」

「嗯，是啊。」

愛爾咪所說的我當然也很清楚，而且這是一個大前提。

她繼續說：

「現在的她是個懷抱夢想的少女，跟開始製作動畫之前的艾蜜莉一樣。」

艾蜜莉就是山田妖精的本名。

「製作動畫這件事，是比你跟紗霧現在想像的還要來得辛苦許多的事情。也是更加不能開玩笑的恐怖事物。如果腦袋還在作白日夢的話可無法參與製作，也真的有很多會破壞夢想的事情發生。傳到網路上的醜聞根本都是些沒什麼大不了的小事。這些才是會讓人不想寫輕小說的現實，而這東西現在已經逼近到你們兄妹面前。」

要有自覺啊，她這麼告誡我。

因為這是在製作現場非常活躍的愛爾咪老師說出口的話，所以這些台詞讓我的心臟產生沉重的回響。

「你仔細聽好，和泉征宗。為了實現你們的『夢想』，就不能只是創作出優秀的動畫而已。」

「還要守護懷抱夢想的少女的夢想。」

「被破壞的只有你的夢想就好。會讓夢想被玷污的事物，絕對不要讓紗霧看見也不要讓她靠近，同時直到最後都不要讓她察覺。全部都給我在你這邊就阻擋下來。幸好她是個家裡蹲，只要你做得徹底一點應該就能解決。」

「…………」

「──懂了嗎？」

「嗯，懂了。」

「真的嗎？」

完全沒有問題，愛爾咪老師。

我的夢想既不是「創作出優秀的動畫」也不是「藉由創作動畫來獲得美好的回憶」，更不是「讓動畫非常暢銷」。

「我的夢想是要跟妹妹一起觀看動畫，然後一同歡笑，也就是要看見她幸福的笑容。創作優秀的動畫以及讓書迷們感到歡喜，這些都只是實現夢想的必備過程，不是夢想的主體。」

雖然也跟草薙學長說過了，但我的勝利條件就只有一個而已。

「所以沒問題的，交給我吧。」

「那就交給你嘍。」

愛爾咪像是放下肩膀重擔般吐出了一口氣。

「剛才這些話，就是老子我能夠送給你的『動畫化時該有的心態』。不是你所期待的東西，真不好意思喔。」

「不，這是最棒的建議了。」

至少對我來說是這樣。

「……那個，愛爾咪。難道說……妳在《爆炎的暗黑妖精》那時候——」

當我想說出這句話時，愛爾咪的食指抵住我的嘴唇。

「那傢伙有說她超開心的對吧。」

「啊。」

——那可是超有趣的喔！

「我就是想看她那樣的表情。」

她嘻嘻笑著的表情……就像是惡作劇成功的小孩子一樣。

看起來非常幸福。

那天夜晚。

我試著在網路上搜尋自己那許久沒有搜尋過的作品名稱。

雖然因為害怕網路上的回應，所以一直將這行為封印起來……

但是動畫化發表之後……自己的作品，現在有造成什麼樣的話題呢？

再說真的有引出話題性嗎？書迷們有覺得高興吧？會不會感到不安呢？只要開始思考這些，就會開始感到坐立不安。

所以稍微，只要一次就好……我抱著這種鬼迷心竅的心態——

搜索了自己作品的名稱。

結果我在畫面上，看到自己從來沒有想像過的事物。

那是某個回應格外熱烈的推特。

上頭有情色漫畫老師繪製的動畫化紀念插畫。

看來她在實況轉播時畫的插畫，似乎也有在推特上公開。

伴隨著「祝動畫化」這幾個文字，上頭描繪著妹妹（女主角）笑容滿面的模樣。

「……想必紗霧她也是像這樣歡笑著，同時畫出這幅插畫吧。」

動畫化紀念插圖上，有許多的留言。

——太棒啦啊啊啊啊啊啊啊！

——超開心！超期待！

——恭喜動畫化！

——請不要作出這種無視我的隱私與造成的麻煩的漫畫或動畫。

——你們知道對我做這種事情，完全就是違法行為跟給我添麻煩的行為嗎？

——我最喜歡妹妹了！

——情色漫畫老師，今後也請多多加油喔！

——恭喜你們喔，情色漫畫老師，哥哥～～♡之後我再傳簡訊過去♪

——嘻哈啊啊啊啊啊啊啊啊！好可愛啊啊啊啊啊！

——我等待許久了！我等待許久了！我等待許久啦！

——《世界上最可愛的妹妹》是能名留青史的名作。

——絕對不能成為平凡無奇的動畫。

——背叛我的期待之時，必定讓製作群身受死亡的詛咒。

——by深愛和泉征宗作品之人。

——和泉老師、情色漫畫老師，今後我也會支持兩位的！

——等好久了！最喜歡這作品了♡

諸如此類——

下面真的有許多留言，就連現在這正在觀看的瞬間也還在增加。

純粹的祝福，近乎私信的留言，就連帶有有病幻想的瘋狂留言也有，真的是各式各樣……接二連三地增加著……實在不可能完全讀完。

「……哈哈。」

這可是難得的祭典，你就盡情地去玩一玩吧——妖情學姊是這麼說的。

說說看你的勝利條件吧——草薙學長是這麼說的。

守護懷抱夢想的少女的夢想——愛爾咪老師是這麼說的。

從智惠以及村征學姊那邊收到的祝福話語。

高興得像是自己的事情一樣的宅宅們，他們的臉龐不斷浮現又消失。

我的妹妹（女主角）露出笑容。

好，我來守護這些人的夢想吧。大家一起遊玩，同時也實現大家的夢想。

我的勝利，想必就在這個前方。

祭典就要開始了。

情色漫畫老師
ero manga sensei
第二章

官方發表《世界上最可愛的妹妹》動畫化消息後，過了一個星期。

動畫製作是怎麼樣進行的？聲優呢？播放時期呢？

其他各種細節又是如何？

第一次動畫化的我，完全無從得知。

頂多是今後有什麼樣的工作，有從前輩們那邊聽到一些。

跟我比起來，想必對動畫很熟悉的書迷們還知道得更多吧。

而回答我這些疑問的人，是帥哥（雖然是女性）製作人赤坂製作人。

「關於四名主要角色的聲優，會在下個月會進行甄選。到時候也請和泉老師務必要到場參與。」

「喔！」

聲優甄選！有這樣的活動啊！

「我一定會去的！」

我精神百倍地回答。

老實說，對於甄選這個聽不慣的單詞，我在感到欣喜的同時也覺得很恐怖。不過這在動畫製作上，也是個非得經歷過的過程。

所以我不可能不參加。

紗霧雖然也想去，但因為無法離開家裡所以似乎很不甘心。哈哈。

「至於配角的聲優，我會從候補中挑選，並且把樣本錄音寄給你，到時再請你從中挑選決定。」

「原來如此……」

並不是所有角色都是用甄選來決定的呢。

「關於主要角色的聲優這部分，請問你有什麼要求嗎？」

「我問一下，如果我說『有相關要求』的話，就會照要求來進行嗎？」

「有可能會依照要求，但也有可能不會。」

赤坂製作人平淡又毫無感情地回答。

「原作者的意見絕對不會完全無視，但是無法按照要求進行的時候，會由我來說明理由。」

明明穿著打扮跟神樂坂小姐很相似，但她全身卻都散發出非常有才幹的氣場。

「我明白了！那個，我對聲優不是很熟悉。所以我希望能以情色漫畫老師的要求來優先進行。」

身為原作者，對於飾演者的要求就只有一個。

就是要超越讀者目前「在閱讀同時所想像的聲音」這件事。

只要能做到這一點，誰來飾演都無所謂。

「這個角色的聲音就是這個人！」這種完美無缺的選角，就連對聲優不太了解的我都能想到幾組。

不只是我，想必讀者們也期望能夠有如此美好的邂逅吧。

「下次的腳本會議上，會把參加甄選的聲優名簿附上檢查清單交給你。」

「檢查清單……是嗎？」

「每位聲優的名字旁邊，會在幾項重要項目上打上圈號——請從所有項目都有打圈的聲優裡頭挑選。」

…………………哦。

檢查項目就是比如說「廣播」或是「現場活動」還有「歌唱」這一類的項目吧。

不過，這邊還是不要把所有項目都講出來好了。

「這部分是絕對必要的嗎？」

「並不是絕對的，不過基本上還是請從所有項目都有打圈的人選中挑選。」

「喔，好的。」

……還是在不把檢查清單拿給紗霧的情況下來聽她的希望吧。

「播放時期預定是明年春季。」

「原作者——也是我具體上要做些什麼呢？」

「我想每週的會議上，都會向你請教關於腳本方面的意見。另外等製作開始之後，還會透過責任編輯把監修品送到你那邊。那些東西的檢查──依照情況可能還需要修改，這些部分就麻煩你了。」

「所謂的監修品大概是哪些東西呢？」

「比較重要的就是分鏡稿、背景美術等資料、人物設定還有其他各種宣傳素材之類。要請和泉老師檢查的，主要是『角色的台詞』等文字相關的部分。」

這樣啊……不過，畢竟繪畫並不是我的專長項目。

當然我也是有想好好學習一下──但例如說分鏡稿的好壞，身為小說家的我根本無法分辨。

相反地，各個角色的台詞這邊我就是專家。

這些部分，我就必須盡可能自己看過才行吧。

「我明白了。」我點點頭。

這段對話是在出版社最高樓層的大會議室進行的。

現在是第二次腳本會議。成員跟上次一樣，有我、神樂坂小姐、雨宮導演、赤坂製作人、腳本家葵真希奈小姐，還有進行製作的其他幾名製作小組成員。

這個會議在對照過成員的日常行程之後，決定在每個星期六的晚上六點進行。

「這次要討論些什麼呢？」

我面向其他所有人詢問。關於議題方面，我還沒有獲知任何相關內容。

在我對面略偏右邊的固定位置上，赤坂製作人回答：

「這個第二次腳本會議，預定要討論系列構成的相關部分。」

「和泉老師，你知道什麼是『系列構成』嗎？」

用「反正你一定不知道吧」這種語氣跟我說話的人，是坐在我隔壁的神樂坂小姐。

「我算是有預習一下了。」

所謂的系列構成，簡單說就像是這次的動畫要作到原作第幾集，那段劇情要使用多少片長，或者是劇情要不要按照原作演出——

就是要決定諸如此類內容的事情。

有時也會由腳本家兼任「系列構成」的職務。

「這樣子對嗎？」

當我向她確認時，神樂坂小姐「呿～～」了一聲，似乎感到很無趣地嘟起嘴巴。

看來預習算是有成果了。

那麼，我們的《世界妹》是由負責腳本的葵真希奈小姐來擔任系列構成。

她可說是第二次腳本會議的主角。而說到這位真希奈小姐——

她睡著了，就在我正前方。

「呼嚕——」

「呼——」

她張開大嘴，全身重量也整個往後癱在椅子上……

口水從張開的嘴角邊流下。

大型圓框眼鏡整個歪掉，好像隨時會掉下來一樣。

雖然非常散漫的模樣……但是豐滿的胸脯，讓她看起來有股奇妙的煽情感。

「…………………………」

「………………………」

所有人的視線都集中在「睡美人」身上。

當然，我從一開始就察覺到「啊，這傢伙睡著了」只是都沒講出來。

「…………」

因為赤坂製作人用彷彿是看著垃圾的眼神瞪著睡翻的真希奈小姐。

所以我實在沒有開口問「這個人為什麼睡在這裡？」的膽量。

微妙的沉默暫時持續，不久後赤坂製作人微微嘆了口氣。

接著……

唰啪！發出清脆聲響的一擊，直接劈在真希奈小姐的頭頂。

「好～～～～～～～～～～～～～～～～～～～～痛喔！妳幹什麼啦！」

真希奈小姐淚眼汪汪地壓著頭，赤坂製作人冷漠地對她說：

「葵老師，會議要開始了。請妳清醒過來。」

「普通地把我叫醒就好啦～～～！再說我又沒睡著！……所以，是在討論什麼？」

面對態度依舊吊兒郎當的腳本家，赤坂製作人以無比嚴苛的視線瞪著她。

真希奈小姐被這樣瞪視後，就揉揉眼睛並且把手伸進可愛的背包裡。

「好啦好啦，我知道是要討論什麼啦～就是系列構成吧～～？——來，這是草案～～」

她嘿嘿傻笑著，同時有張Ａ４大小的紙張滑到桌上。

文書標題寫著動畫《世界上最可愛的妹妹》系列構成（暫定）這幾個字。

然後本文裡頭用超粗的字體寫著兩個大字——

未定

赤坂製作人看到後瞇起眼睛說：

「……葵老師，這是什麼東西？」

「就是系列構成的草案啊～～看了就知道吧。」

完全看不懂。

真希奈小姐不但交出任何人都能在十秒內寫好的文件，還充滿自信地笑著。

看到她這副德性，赤坂製作人……

「妳是在小看我嗎？」

發出會令人凍結的吐嘈。

好恐怖。

這種狀況會讓我恐懼到無法動彈，可是真希奈小姐卻依舊大搖大擺的。

「我才沒有小看人，非常認真喔～」

「當製作進行每天都很緊迫，而妳非常認真地花了一個星期寫出來的原稿卻是這樣。原來如此，真是有趣的狀況。」

「討厭啦，製作人～不要那麼生氣嘛～我這樣是有理由的喔。」

真希奈小姐傻笑著用手制止赤坂製作人。

「姑且讓我聽一下。」

「之前的腳本會議上，不是有說要我在下星期之前把系列構成的原稿寫好嗎？所以啦，我也立刻思考說該怎麼寫才好～」

「……所以？」

被催促的真希奈小姐，露出凜然的表情說：

「從結論來說，果然這份原稿還不到『該動筆寫的時候』。」

「我就退個一百步，不把妳這誇大的台詞當成藉口——但為什麼要一拖再拖，然後到了現在才講出來呢？」

「耶嘿嘿。」

這個人該不會打算靠傻笑來矇混過去吧。

那樣也太有勇無謀了……

正當想看看這下怎麼辦時，她用熟練的模樣轉回話題上。

「然後呀！之所以會覺得不是『該動筆寫的時候』～就是因為在製作系列構成之前，沒有先跟原作者好好聊過的關係～」

「咦，我嗎？」

我因為話題突然轉到自己身上感到不知所措，而真希奈小姐笑嘻嘻說：

「就是因為這樣！所以系列構成的事情就先放到一邊——今天就輪到我跟你好好聊天的回合吧！就這麼辦！」

「……所以？今天原本應該要進行的，關於系列構成的討論會議這部分妳打算怎麼解決？」

真希奈小姐非常輕鬆地回答，然而赤坂製作人不打算讓她矇混過去的追問著。

「所以說～那就等到下星期再討論就好啦～」

「那樣會讓整體進度延遲，所以可一點都不好。那麼……葵老師……今天妳跟和泉老師好好討論過後……就能寫出完整的系列構成了嗎？」

「那當然！不只是系列構成，這對於要寫出完美的腳本也是很重要的事情！」

赤坂製作人說聲「我明白了。」並點點頭，接下來就看著我。

「和泉老師，真的非常抱歉。可以麻煩你嗎？」

「當然，不過……我該說些什麼才好？」

「那個，我想問那個問題。」

真希奈小姐愉快地指著我的臉。

「《世界妹》的女主角，不是個妹妹嗎──那個女孩子絕對有參考對象吧。」

「咦？妳是從誰那邊聽說的？」

這跟情色漫畫老師的真實身分也有關連，所以應該只有少數人知道。

「我沒有從別人那邊聽說啊。只是讀過原作之後，有這種想法而已～」

……真敏銳。

果然這個人，似乎不單純是個懶惰鬼。

我回答說「答對了，那名女主角有實際存在的參考對象。」

「果然沒錯！喂，我可以問問參考對象的事情嗎？」

「這個嘛……」

我在猶豫之餘，只能這樣回答：

「因為一些理由，所以女主角的參考對象不能公開。所以我只會……在能夠說明的範圍裡回答。」

這樣也可以嗎？當我這麼詢問，好像反而引起她的興趣。

真希奈小姐「哼嗯～～」地發出聲音後，露出好像有什麼企圖的惡作劇笑容。

「說真的，那是用你喜歡的人當參考對象吧。」

「為……」

為什麼會被發現！

「哎呀，普通來說這只要稍微想一下就會發現了吧。畢竟可以感受到你撰寫時有灌注深刻的情感進去，能不能把這點重現出來我想會是這次動畫化的關鍵喔。」

「………」

初次見面時，我對她做出被誤認為是要求婚的行為……

今天又被她把我灌注在作品裡的情感，在大家面前挖出來……

……我到底要在這個人面前遭遇幾次這麼難為情的事情才行啊。

臉頰好燙，想必我現在一定滿臉通紅的吧。

「嘻嘻，這反應真不錯♡既然有什麼緣故，那我就不深入追問『真實身分』這方面了——不過你喜歡那女孩哪些方面——或是你們談戀愛時，發生的臉紅心跳小故事——這些事情，就讓我們在這兩個小時裡徹底說清楚講明白吧！」

「真的有那種必要嗎！」

「當然！咳咳，聽好嘍。第一次參與『動畫相關工作』的和泉征宗老師——」

腳本家葵真希奈猛力用指尖筆直地指向我。

「這就是動畫的腳本會議啦！」

「──────！」

我都不知道！原來動畫的腳本會議要做這麼讓人感到難為情的事情嗎！

「……難、難道說……已經有過動畫化經驗的那個作者或那位作者，大家都有做這個？」

「嗯，實際上是這樣沒錯。作品有經過動畫化的原作者們，所有人都曾經在眾人面前做過這件事。」

「唔，怎麼會這樣。為什麼沒有任何人告訴我這件事……！」

「哼哼哼……我反過來問你，今後你遇到決定要動畫化的後輩時，會把這個事實告訴對方嗎？跟對方說自己遭遇到如此羞恥的對待。」

「當然不會說啊。」

「對吧。」

唔喔……我接受這個說詞了。原來如此，是這麼一回事啊！

「那馬上來聊聊吧。從和泉老師情竇初開的地方開始！請說！」

「咦，咦咦咦咦───！那、那是從我一見鍾情───」

就這樣───

第二次腳本會議，以跟原本預定不同的方式開始進行。

內容是我那難為情的戀情。

結束極度疲勞的腳本會議，在晚上回家後，呼叫哥哥的踩地板，有如久候多時般在我頭上響起。

我跟平常一樣走上樓梯，在敲響「不敞開房間」的房門之前——門就先打開了。

身穿睡衣的紗霧抬頭看著我，然後有點害羞地說：

「……歡、歡迎回來。」

「喔、喔，我回來了……！」

「不敞開的房間」這個稱呼，也許差不多該廢除了。

不管是我或是紗霧，還有我們之間的關係——

都一點一滴地逐漸在改變。

懷抱著溫馨的心情，我這麼說：

「紗霧，怎麼了嗎？」

「嗯……那個…………結、結果如何？」

她以一臉充滿興趣的模樣詢問我。

「妳問如何……是指腳本會議嗎？」

「對啊！今天已經正式開始了吧。像是雨宮導演或是葵老師——你跟創作『梅露露』的成員們一起工作了對不對！」

「嗯，沒錯。」

「好厲害喔！」

她眼中閃爍光芒地說著。

這表情讓人感到難為情，使我只能露出苦笑。

「哈哈哈，是這樣嗎？」

畢竟只是跟很厲害的人們一起工作而已，並不是我自己特別厲害的關係嘛。

「把過程說給我聽！」

「好。」

我被妹妹拉住手，進入紗霧的房間。

面對面坐下後，我對紗霧說明今天會議原本要討論的「系列構成」相關話題。

「哦～～動畫的『系列構成』，這個名詞我是有聽過。」

「不過，結果這個議題還是變成要等到下星期才會進行詳細討論了。」

「為什麼？」

「……發生很多事情嘛。」

腳本家什麼也沒寫，或是被迫解說自己的戀情之類的，這我可說不出口。

「我姑且也有試著思考一下，像是要製作到第幾集的第幾話之類的問題。」

接著我從背包裡拿出幾本厚重的書籍。

這是拜託書店少女智惠預訂的書。

「哥哥，這是什麼？」

「就是腳本的撰寫教學書籍……還有動畫業界的用語集吧，今天總算送到書店了。然後我剛才在開會之前先去買下來。」

「咦？和泉老師……你要自己撰寫腳本嗎？」

「不，我不是自己要寫啦。就只是覺得該知道最低限度的基礎知識，還有專門用語這些的而已。」

「啊……畢竟大人都會完全不說明就用一些很帥氣的專門用語呢。」

沒錯沒錯。

如果是「dubbing」、「gross」、「rush」這類業界已經長年使用的專門用語也還罷了，刻意使用「IP」、「proper」、「FIX」這些能用別種說法來替代的專門用語就非常沒有效率。尤其是略稱語，由於可能有別種意思存在就更麻煩。

雖然也大概知道這樣講是很帥氣沒錯。

聽起來感覺也很高人一階。

「不過，買這些如果沒有必要的話也沒關係，但如果能夠派上一點用場就好了。」

「……呵呵。」

「幹、幹麼啦？」

為什麼要笑？

「……因為哥哥你很努力呢。」

被妹妹這麼一說，讓我變得很害躁。

我把頭轉到另一邊並說：

「等系列構成寫好，也會給情色漫畫老師看的。」

「人家不認識叫那種名字的人！」

紗霧說出慣例的台詞後，接著又說：

「沒問題的，就交給和泉老師了！」

「——唉，我知道啦。」

這下子可真是責任重大呢。

「那個，所以……你跟葵老師……還有動畫製作小組的成員們交流得如何？能夠好好相處嗎？」

腳本家經常在睡覺，導演超級沉默寡言，製作人好可怕。

——但這些可不能說！我跟愛爾咪約好了！

「唔嗯～～感覺還有一段距離。」

「這樣啊——」

紗霧有點煩惱地思考著。

啊，讓她擔心了。

第二章

「……那這樣。那個，哥哥……」

紗霧從書架上拿出某片藍光光碟，接著向我遞出來。

「這個，現在來一起看吧。」

「《星塵☆小魔女梅露露》……是嗎？這麼說來，我們有約好了呢。」

「嗯……來觀賞這部作品，然後跟大家好好相處。請愉快地去工作吧。」

這是屬於紗霧的關懷吧。

各式各樣的不安，感覺就像逐漸溶化一樣。

「好——那就來看吧！」

接著我們兄妹並排坐在一起，開始觀賞動畫。

在紗霧的房間裡，背靠在床邊並且把腳伸直。

這似乎是部兒童向的魔法少女作品。

粉紅色頭髮的女孩子跟聲音低沉有磁性的吉祥物，一起展開前所未有的活躍。一下在天空四處飛行，一下發射華麗的光束砲，同時又透過戰鬥跟敵人培養友情。

「……還真是超現實的動畫呢。」

雖然一開始我還擔心自己能不能跟上劇情……

但是觀賞途中，就明白這似乎只是杞人憂天了。

老實說，《星塵☆小魔女梅露露》是部有趣的動畫作品。

雖然有很多亂七八糟的地方，劇情也相當單純——

不過重點劇情都有抓住王道的發展，那些亂七八糟的發展也能感受到製作者的意圖。

該讓劇情高潮的地方就會確實炒熱氣氛。

然後當然劇情也能夠讓小孩子理解——

這就是如此紮實的腳本。

還有敵方角色的服裝好煽情。

讓人理解這的確會有人氣。

也非常能夠理解，為什麼情色漫畫老師會這麼喜歡。

「那個，紗霧——這部作品，是原創動畫對吧，有原作者嗎？」

「……嗯……那個，記得是……原作者雖然以『狐崎奈留』這個名字標註在片尾名單裡頭，但那似乎只是管理版權用的共同名義。所以說，其實並沒有原作者……《梅露露》的劇情，應該是腳本家葵老師創作的吧——這些……網路上是如此流傳的。」

「哦——」

一下是似乎，一下又是如此流傳的，還真是模糊不清呢。

不過不只是動畫，各種業界的內情外人都是難以得知的，這也沒辦法。

超人氣動畫《梅露露》的劇情，是葵真希奈所創作……似乎是這樣。

這麼說來……真希奈小姐果然是很厲害的腳本家嗎？

她基本上很懶散，所以看起來是像妖精那種類型的人……但實際是如何呢？

雖然《世界妹》到現在都還沒有拿出成果給我們看——

——只是讀過原作之後，總覺得就是有這種想法而已～

想必，她應該會創作出對我們而言的「優秀作品」來吧。

借用本人的話——就是「總覺得就是有這種想法」。

的確像是看起來很有才能的赤坂製作人，所會挑選的人才。

也是不管怎麼說眼光很精明的神樂坂小姐，會把負責作品託付到手中的人。

最重要的，紗霧還是那個人的粉絲。

我想相信真希奈小姐，也想跟她一起工作。

只不過……該怎麼說呢……「她還沒有進入狀況」。

我有這種感覺。

講明白點，就是看不見她的幹勁。

「哥哥、哥哥。」

被紗霧一叫，我把臉轉向旁邊。

於是興高采烈的妹妹，立刻出現在我身邊。

「哥哥你看，剛才在空中飛翔的作畫超可愛的對不對？」

「嗯，是呀。」

興奮觀賞動畫的妳，其實更可愛啊。

雖然很想把這句話說出口，但還是忍住了。

這真是非常幸福的時間。

直到紗霧想睡覺為止，我們都一直這樣。

「……呼啊。」

「也剛好到一個段落了，接下來明天再看吧。」

「……嗯。」

紗霧雖然昏昏沉沉的，但還是很高興的樣子。

她伸出小指頭。

「……約好了。」

「嗯，約好嘍。」

我們兄妹用小指頭打勾勾。

「有趣嗎？」

「嗯，是很有趣的動畫喔。」

「雨宮導演跟葵老師，都是很厲害的人對吧。」

「是啊。」

話雖如此，只是稍微看一下動畫也沒辦法真正推測出製作者的實力。

不過，只有一件事可以確定。

《世界上最可愛的妹妹》製作團隊——

是能讓我的妹妹展露笑容的一群人。

一星期後，第三次腳本會議當天。

在大會議室裡，時間是下午五點五十分——我在開始前十分鐘抵達。

「各位辛苦了。」

一走進裡頭，赤坂製作人、神樂坂小姐、雨宮導演還有其他幾名成員已經就位。

但是沒看見真希奈小姐跟其中一名製作進行的女性。

「——請問……製作進行的安藤小姐今天沒有過來嗎？」

我若無其事地問著。

關於「沒有看見真希奈小姐」這件事，我實在沒有勇氣突然開口詢問。

今天的議題，跟上次一樣是關於「系列構成」的部分。

系列構成的原稿現在卻還沒收到。

……如果真希奈小姐這次也沒有撰寫原稿，這個會議今天也開不成了。對我來說，是個只會感到焦急的狀況。

正因為如此。

我才會在切入危險的主題前，先來個有如刺拳般的試探性問題。

「安藤小姐她病倒了。」

「唔耶！」

我的刺拳，被赤坂製作人強烈的反擊拳迎擊。

我當然非常困惑，同時也很擔心。

「真的嗎……病、病倒了……還好吧？」

「下星期開始會有其他人來代替，所以請放心。」

「不、不是這樣的！」

我說的是……安藤小姐她人還好吧……

「？」

看來赤坂製作人似乎跟我沒有相同的想法，所以疑惑地側著頭。

此時雨宮導演似乎察覺到這點，於是說：

「……這是……常有的事。」

「……喔、喔。」

常有這種事情會不會不太妙？……常有這種事情會不會很糟糕啊！

咦……？

我就這樣茫然又無力地就座。

「所以……葵老師呢……？」

「這個──」

當赤坂製作人打算回答時。

嘎嘰，我後方的門被打開。

「大家辛苦～～～～～～～～～～啦！」

真希奈小姐本人抵達了。

她的聲音非常開朗，這讓我放心地輕撫胸口。

──呼，看來我是不用擔心「今天也沒有撰寫原稿」了……

真希奈小姐走到我正對面的座位，此時赤坂製作人不帶感情的叫住她。

「葵老師，請妳交出系列構成的原稿。」

「製作人，稍微等一下。這件事可以等等再說嗎？」

「………………」

赤坂製作人的眼睛立刻瞇起來。

真希奈小姐用無比認真的語氣說：

「今天，我有個非常重要的消息要告訴大家。」

……咦……重要的消息？到、到底會是什麼呢……？

這跟今天遲到，或是沒有把原稿送來有什麼關係嗎……？

我正襟危坐。

「我搭電車來這裡的途中，抽了一下手機遊戲的轉蛋～結果沒想到！就轉出最高稀有度的☆6新角色了喔！這可是跨越百分之零點零零七這種超低機率單發抽中喔！嘿嘿嘿嘿！由於太過吃驚就搭過頭了♪」

「葵老師，請妳交出系列構成的原稿。」

赤坂製作人用彷彿在說「我宰了妳喔，肥仔。」的恐怖聲音說著。

真希奈小姐則完全毫不動搖地繼續閒聊。

她爽朗到上星期那種愛睏的模樣好像是騙人的一樣。

「雖然最近各方都在要求規範手機遊戲或是規範轉蛋機制，但真的很想叫他們住手耶！轉蛋機率提高的話，抽中超稀有時的那種腦漿迸發感就會降低了嘛～收集超稀有的最強角色就是要排出來曬卡炫耀啊！——接下來，再靜靜地說『有哪個廢物沒有☆6雷霆梅露露的嗎？』！挑釁沒有抽到的人實在是太愉快了，為此就有課金一百萬以上的價值！」

「葵老師，請妳交出系列構成的原稿。」

「滿足僥倖心態時那種爆發性的快樂，我想在人生之中算是只比戀愛低兩階左右的樂趣。再說『身邊大家都在玩』這句話，對日本人而言是最強悍的甜言蜜語呢。這類『實在不想把這種東西稱呼為遊戲～～』的產品之所以能產生如此龐大的利益，說不定就是因為手機遊戲的構造直接命中我們的本能吧。」

看來果然應該還是需要規範吧。

真希奈小姐即使已經完全迷失論點，還是繼續站著講永無止境的閒聊。

當她滿臉得意地開始評論起這一季的動畫時——

赤坂製作人用伸出單手的姿勢打斷她。

接著緩緩地，有如要分出區隔般說：

「葵老師，請妳，交出原稿。」

「嗯，在那之前我想說說昨天發生的事情。其實昨天中午我雖然叫了披薩——」

「葵老師！原稿！」

「我沒寫！」

真希奈小姐直截了當地說，而且感覺還有些惱羞成怒。

「…………………………」

「…………………………」

世界被沉默包圍。

咦……？

我咕嘟地嚥了口水……在感到喉嚨乾渴的同時，詢問：

「那、那這樣今天……要討論些什麼呢？」

此時真希奈小姐用手按住肚子。

「……不是這樣的。昨天啊，我難得去叫了披薩來吃。結果呀，好像是這樣吃壞肚子了——所以無論如何都無法工作。只要稍微粗心大意點，都會這樣對吧。可說是差點就要展露出少女不該有的醜態呢。」

請在昨天吃披薩前就寫好啦。

大人都會大搖大擺地做這種事嗎？

「…………………」

接著現場暫時又陷入沉默。

這段時間裡，赤坂製作人不斷地用手指敲桌子。

那種聲音聽起來實在非常恐怖。不久後她用敲打桌子的手指，指著真希奈小姐。

「妳有辦法現在立刻把系列構成的原稿寫出來嗎？」

「不可能啦～～嘿嘿♡」

「妳整體大概寫多少了，把進度告訴我。」

「我完～～～～～～～～～～～全沒有寫！」

喂！咦……？真的假的……？

我由於太過衝擊，忍不住凝視著真希奈小姐的臉。

她依舊挺起那豐滿的胸膛。

擺出非常厚臉皮的態度。

赤坂製作人更進一步詢問：

「如果是遇到瓶頸寫不出來的話，要不要在這個會議上研討一下問題點？」

「沒事的！我不是這種狀況！完全沒有問題！」

「那麼，到下星期之前妳能寫出來嗎？」

「在下說到做到！」

唰！真希奈小姐充滿自信地擺出最恭敬的敬禮，並如此承諾。

「…………………」

「…………………」

這傢伙大概還是不會寫吧。

現場所有人，都這麼想著。

會議解散之後，我被赤坂製作人叫住。

「和泉老師，可以耽誤你一點時間嗎？」

「咦……是的，請問有什麼事？」

「首先，這次會議讓你感到不安，真的是非常抱歉。」

赤坂製作人恭敬地低頭鞠躬。

這突如其來的發展，讓我困惑地僵在原地。

真希奈小姐、雨宮導演還有其他團隊成員都已經離開，現場就只剩下我、赤坂製作人還有神樂坂小姐而已。

「為了預防萬一，我要非正式地向你告知。」

赤坂製作人抬起頭來，繼續說：

「如果葵老師在下個星期前依舊沒有寫出系列構成原稿……這種情況下，本作品預定將改由別的腳本家來負責。」

「咦！」

「我們已經跟候補的腳本家聯絡過了，所以動畫的製作不會繼續延誤下去。這點請你放心。」

「請、請、請……請等一下！這是怎麼一回事！」

這個人每次都只突然講出結論！

雖然非常簡潔好懂，但我的心臟撐不住啊！

「也就是說，系列構成與腳本的負責人，會交由其他人來擔任。」

「……這點我也明白。我不懂的是關於突然更換腳本負責人這件事。再說，為什麼會變成這種狀況呢？……而且還說已經決定好新任腳本家的候補人選……會這麼快就預先安排好到底是為什麼……？」

「——啊。」

她似乎終於察覺到我想表達的意思，赤坂製作人重重地點頭。

「讓我來說明——葵老師，該怎麼說呢……她是個非常特殊的腳本家。」

「喔……」

這個嘛，我也知道她在各方面都很特殊。

也當然不會認為世界上所有腳本家都是像那樣的人。

「過去……葵真希奈老師有負責到最後的作品，全部都非常暢銷。她是個年紀輕輕就擁有亮眼實績，而且才華洋溢的腳本家。由於非常擅長活潑愉快的喜劇作品，所以也認為她跟《世界上最可愛的妹妹》的配合度應該十分良好。所以本次才會招聘她來擔任本作品的腳本負責人。」

「是的。」

到此為止，都是我也有從紗霧那邊聽說的已知情報。

只不過有一點我很在意——就是「有負責到最後的作品」這一句話。

赤坂製作人平淡地說：

「同時，葵老師也以『不工作的腳本家』這名號聞名於業界裡。」

「…………」

「她不是『工作速度很慢』而是『不工作』——是個經常在接下工作後，結果腳本寫不出來就中途被撤換掉的人。」

所以才會事先就決定好其他腳本家來當候補人選……似乎是這麼一回事。

雖然我自己也微微有這種感覺……不過還是讓人感到一陣暈眩。

神樂坂小姐則完全不會感到不好意思地說：

「哎呀～現在想想，應該要在一開始就也告訴和泉老師這件事才對呢～」

就是說啊。

「所以由於這些原因。」

赤坂製作人進行總結。

「下週開始就會有變更腳本家的可能性，這點還請你理解。」

「…………………」

我暫時在腦中整理聽到的這些話，接著回答：

「情色漫畫老師是葵老師的死忠粉絲……我也因為觀賞了葵老師跟雨宮導演的作品……而非常喜歡她們兩位的作品。」

我看著赤坂製作人的眼睛。

「如果可以的話，我希望《世界上最可愛的妹妹》——要由使出全力的葵老師來負責腳本。」

為了實現我們的夢想，我認為她是必要的人選。

我說出真心話以後赤坂製作人先是點點頭，接著好像在思索般猶豫於該怎麼回答。

不久後才重新緩緩開口說：

「是的，我也跟和泉老師一樣有同感。如果葵老師能夠撰寫腳本的話，那當然是最好的狀況。我這邊也會盡可能採取必要手段。」

「具體來說……該怎麼辦……？」

「明天我預計會帶著能讓葵老師提起幹勁的『遊說素材』，前往她的住處拜訪。」

「遊說素材」……？

「和泉老師要不要也一起去呢？」

「……咦？」

「如果你方便的話。」

這段話語中，讓人產生許多臆測。

把我一起帶去的意圖是什麼呢？當遊說真希奈小姐失敗時，只要我在現場就可以比較簡單地接受更換腳本家這件事……是這樣嗎？

……不。

想太多也沒用。

不管怎樣，我的回答已經決定了。

「麻煩妳了，請帶我一起去。」

我深深低下頭鞠躬。

並且就這樣握緊拳頭。

激發腳本家葵真希奈的幹勁，請她寫出最棒的腳本。

為了實現夢想，這是原作者必須做的工作。

隔天，我和赤坂製作人兩人前往葵真希奈老師的住處。

「情色漫畫老師是葵老師的死忠粉絲對吧，其實可以請她一起過來也沒關係喔。」

「這個嘛……有些原因所以沒辦法……」

赤坂製作人不知道我們兄妹的情況。

她應該認為情色漫畫老師，就是以替身身分登台的京香姑姑才對。

「你說有些原因是嗎？」

「……情色漫畫老師對葵老師，該怎麼說……懷抱著憧憬……所以我覺得不要讓她們見面會比較好……吧。」

「原來如此，這我很能夠理解。」

赤坂製作人面無表情地點點頭，她給人的感覺是跟京香姑姑完全不同的另一種恐懼感。

京香姑姑是隨時都會朝周圍釋放出有如暴風雪般的壓力——

赤坂製作人則是完全搞不懂她在想些什麼。

會感受到如同鐵面具……像是機械般的冷徹感。

——要守護懷抱夢想的少女的夢想。

我雖然跟愛爾咪這麼約好了，但是不該讓妹妹見到的人不只是真希奈小姐……或許這個人也一樣。畢竟她是個有如把動畫業界的恐怖之處全部囊括其中的人。

我們走在山手線內側，都內的一級地段上。

周圍都是高級公寓。

在路途上，我們斷斷續續地交談。

「和泉老師，我想你也微微察覺到了……」

赤坂製作人面向前方平淡地說：

「葵真希奈老師——她是個人渣。」

「…………」

這要我怎麼回答才好。

「這世界上我最討厭的，就是不遵守截止期限的創作者。」

她不改鐵面具般的表情說：

「為了提昇品質，只要最後能夠來得及就好……講這種理由的傢伙，在工作夥伴上就只是個垃圾。雖然把沒遵守截稿期限當成事蹟或笑話來講的傢伙真的很多，但還請你把那些人當成只是在宣傳自己的無能就好。」

這種人很多嗎……真是難以置信。

雖說我身邊並沒有像這樣的人。就連那個妖精不管怎麼說，還是會好好遵守最終截稿日。

「當然，不管是多麼優秀的創作者，會違反約定的人就不值得信賴。絕對不會重新評估，也不需要把對方當成人類對待。不過當對方（棋子）還有用處的時候，還是會裝成很信賴對方吧。」

這時她看著我——看著小說家和泉征宗。

就像是要窺探我的眼睛一樣。

「以上這些，是從我的立場所表達的意見。和泉征宗老師……請你務必不要因為看到那個人，就產生奇妙的誤會。也不要認為動畫業界能夠容忍那傢伙的存在，更不要成為一個截稿日過去了，還在那邊嘻皮笑臉的作家。」

「……這、這是當然的。」

這是個灌注靈魂的忠告，我是這麼覺得的。

「然後那個垃……葵真希奈……」

赤坂製作人在內心是怎麼稱呼真希奈小姐的。

從這句失言就能清楚了解。

「咳咳，關於葵真希奈。」

「是的。」

「她非常有用。」赤坂製作人直率地說著。「只要肯開始行動的話。」

「只要肯開始行動……也就是說只要她肯工作的話就沒問題，是這麼一回事嗎？」

「是的。用漫畫橋段來比喻的話，請把那個人想成是『傳說中的鍛造師』。」

雖然擁有鍛造最強武器的技術，可是卻遲遲不肯工作的職人。

葵真希奈就是這種腳本家，赤坂製作人如此說著。

「雖然這比喻對那傢伙來說太過奢侈，但實際就是如此，所以也沒辦法。即使當過那麼多次放羊的孩子，請她工作的委託到現在依舊絡繹不絕就是最好的證據。」

這個人漸漸不再隱藏自己面對真希奈小姐的立場了。

不過這個嘛，的確……

意見裡充滿潔癖的赤坂製作人，即使把她當成垃圾看待也還是聘請她了。

真希奈小姐應該是個比我想像中更厲害的人吧。

「和泉老師，如果想讓傳說中的鍛造師動手工作，該怎麼做才好呢？」

「如果是漫畫或輕小說的話——就是跨越試練獲得傳說中的鍛造師認同之類的，或是經過某些劇情以後就會受到賞識……之類的……」

「是讓對方喜歡上主角，這種的嗎？」

「啊、喔……這個嘛，也是有這種方法呢。既然讀者是人類的話，只要加入戀愛要素基本上劇情發展就都不至於變得無趣。」

「這樣啊。不管怎麼說，都是我辦不到的手法——正因為如此，我才會把你帶來。」

「咦？」

當我想回問時，肩膀就被輕拍一下。

「我很期待你喔，少年原作者老師。」

這個聲音裡，帶有些許微笑的氣息。

然後……

「——好啦。」

赤坂製作人不慌不忙地停下腳步，抬頭仰望旁邊的公寓。

「我們抵達垃圾屋了。」

這棟公寓是有如高塔般的高聳建築。

到底有幾層樓，從地面上根本無從得知。

……這裡的房租，到底要多少呢？

畢竟是都心的高級地段。

這麼說雖然很失禮……但怎麼想這裡都不是普通收入所能居住的房子。

「……葵老師，她很有錢嗎？」

「說穿了就是個社長的女兒——一名千金大小姐喔。從小開始就嬌生慣養又養尊處優的結果，就培育出那樣的性格了吧。」

好傷人！赤坂製作人的話好傷人！

「偶爾會有這種人呢……運用雙親的權力，在業界裡頭擴展勢力的傢伙。葵真希奈雖然也是這種情況……但不知道是幸運還是不幸，她的確有貨真價實的實力。」

這時我們搭乘的電梯抵達四十一樓。

我們走向東邊角落的房間，站在門口。

赤坂製作人拿出鑰匙，跟剛才在一樓大廳入口用的是同一把。

「這是……製作進行的安藤小姐，用生命換來的事物。」

「安藤小姐還沒死吧！」

「開玩笑的。好啦，要打開了。」

赤坂製作人不帶情感地說著，並且把鑰匙插進去。

她轉動門把，將門打開。

「——唔。」

門內有著令人難以想像的情景等著我們。

首先出現在眼前的，是塞在走廊上有如牆壁的東西。

那東西的真面目，是由購物網站的紙箱所堆積而成。由於大小跟堆積方式都亂七八糟的，所以底下的部分完全都被壓扁了。

「……這裡面有沒有東西啊。」

從障礙物隙縫看出去的走廊上，有各式各樣的宅宅週邊、寶特瓶、空罐跟零食空袋子散落一地。漫畫、輕小說、藍光光碟還有ＤＶＤ的東西也堆得到處都是，上頭還有一層厚重的灰塵。

……喔，原來如此，跟赤坂製作人講的一樣。

是這個房子跟房子主人的雙關語。

的確是間垃圾屋。

「咳咳咳！」

這實在不是人類能居住的房間，當然也不是社長千金應該逗留的場所。

「和泉老師，可以請你讓開嗎？」

「咦？」

「喝！」

赤坂製作人使出前踢把堵塞在走廊的障礙物踢散。

「等等，這樣……太粗暴了！……啊～～啊～～放在裡頭的書本都掉出來了……」

「請不要在意——地板很髒，請穿上這個。」

赤坂製作人拿出來的，是在學校用的室內鞋。

她把其中一雙交給我，自己也穿上相同的東西。接著快步在走廊上前進，同時用前踢把礙事的物體排除。

其中也有大型而且看起來很貴的人物模型混在裡頭，她也一樣毫無顧慮地進擊。

我慌忙追在她後頭。

「擅、擅自跑進來沒問題嗎？」

「反正現在這個時間她還在睡吧。就算要遊說，也得先把她挖起來才行。」

「……動畫製作人連這種事情都要做嗎？」

這時她轉過頭來，回答我的自言自語。

「本來這是製作進行的工作，只是因為安藤小姐不在的緣故。」

製作進行還真是辛苦。

「這次是特例喔——嘿咻。」

赤坂製作人像是要把盡頭的門踢破般強硬打開，走進客廳裡頭。

客廳相當寬敞，所以跟走廊還有玄關比起來可說是稍微正常點的狀況。

雖然只是至少能走路這種程度而已。

家具的位置很詭異，寬廣房間的正中央擺著電視、矮桌還有電腦。

電視旁邊鋪有床墊，上頭擺著捲成圓滾滾的毛毯。

「唔哇……」

好強烈的既視感！

雖然我絕對不想去聯想，但這種慘況……跟某個家裡蹲的妹妹好相似。

不過話雖如此，但我們家紗霧超愛乾淨的。

「那麼……」

赤坂製作人停下腳步，低頭看著真希奈小姐窩在其中的毛毯球。

「請稍微等一下！」

察覺到不尋常的氣息後，我搶先這麼說：

「我跟經常擺出這種防禦型態的家裡蹲妹妹一起生活很久了，經驗上用強硬的方式叫她起來實在不太好。」

對方會超級不高興，事情也會變得很麻煩。

「今天是為了遊說葵老師才來到這裡的……再加上我們像這樣擅自闖進來已經是有錯在先……所以應該要溫和又自然地把她叫醒才行。」

「……哼嗯。也罷，那就試試看吧——」

赤坂製作人說完後，緩緩地拿出智慧手機。

「和泉老師，請把葵老師丟在那邊的智慧手機放到毛毯旁邊。」

「這樣嗎？」

「是的。那麼，來試著溫柔地把她叫醒吧。記得只要這樣送簡訊過去……」

她操作自己的手機後——

真希奈小姐的手機響起這種聲音。

鏘鈴♪

「唔！」

此時毛毯球突然微微抖動。

就像是被電擊魔法打中的史萊姆一樣。

「製作人，這是什麼聲音？」

「這是是**傳奇等級物品的掉落音效**。只要是熟悉Hack and Slash這類型遊戲的玩家，聽到這個音效似乎就會立刻起床。」

「…………」

當我露出難以言喻的表情沉默不語時，赤坂製作人再度在我面前響起「鬧鐘聲」。

鏘鈴♪抖動！鏘鈴♪抖動！

鏘鈴♪抖動！鏘鈴♪抖動！

毛毯不停蠕動。偶爾還會傳出「唔咕……唔咕……」這種像是作惡夢的呻吟聲。

啊，看來有效果。

不過真不喜歡這種叫人起床的方法……

「她不起來耶。」

「的確沒起來。那麼，改用下一個對策吧。」

赤坂製作人啟動智慧手機裡的程式，並把它靠到毛毯旁邊。

「那是什麼？」

「這是把葵老師沉迷的手機遊戲，我把裡頭的語音錄下來。只要是手機遊戲中毒者，聽到這個聲音似乎就會立刻起床。」

從手機裡傳來女孩子甜美的聲音——

星塵☆小魔女梅露露魔法大戰♪體力值已經全部恢復了唷～～～～☆

「喔喔喔！」

抖動抖動抖動！毛毯球產生劇烈搖晃。

哇啊，超有效的耶！

「唔……體力值……要趕快消化體力值……！」

從毛毯裡滑出的纖細手臂，像是在尋找手機般扭曲蠕動著。

這動作還真是噁心，當那隻手接觸到目標物的瞬間——

「嘿。」

啪，赤坂製作人把手機踢到遠方去。

啊，好過分。

「唔～～……體力值……消化……快點……溢出來……好心痛……」

「和泉老師，請你仔細看好，這就是手機遊戲中毒者的戒斷症狀。」

這是殭屍嗎？

「人類只要變成這樣就完蛋了呢。」

「我應該說過是要溫柔又自然地把她叫醒才對吧。」

從剛才看到現在，這個人都只採取有如惡鬼般的方式來叫醒人耶。

「我已經算是採取自己比較溫柔又自然的方式來叫她了……不過，該說果然如此嗎？她還是不起來呢。」

「…………」

我往毛毯球瞄了一眼。

那邊只有手臂依舊扭曲蠕動著，不停說著「體力值～～體力值～～」的「睡美人」身影。

「……不過看來算是有效果。」

感覺只要在加把勁就好。

赤坂製作人的智慧手機持續流出甜美的女孩子聲音。

今天是真希奈妹妹的生日月喔♪營運叔叔這邊將送出魔法石五千個，也就是特殊轉蛋一百連

抽的權利當成禮物送妳喔♪
而且這個特殊轉蛋一百連抽，竟然～保證會轉出一張☆4超稀有角色喔！
這可是一年一度的絕佳良機！讓我們一起轉轉轉♡

這個手機遊戲也榨取過頭了吧。

就連對手遊業界完全不清楚的我，也能一目瞭然地理解這點。

真是垃圾營運。

當我對這手機遊戲的轉蛋設定感到退避三舍時，赤坂製作人已經為了使用下一個策略，開始往客廳入口走去。

「？製作人？妳這次要怎麼把她叫醒？」

「這樣下去沒完沒了，就普通地把她叫醒吧。」

這是什麼意思——？

我還來不及問，她就跟化為毛毯球的真希奈小姐拉開距離。

接著助跑——

然後猛力將她踢飛。

「啊……啊啊！」

有如新．猛虎射門般的猛烈踢擊。

這完全不是普通的叫醒方式。

磅咚。隨著這聲巨響，真希奈小姐連同毛毯一起被踢翻。

「咕嗚啊！」

真希奈小姐發出有如青蛙被踩扁的聲音。

而我則因為某種理由，立刻把視線從她露出來的身體上移開。

赤坂製作人說：

「葵老師，妳醒來了嗎？」

「什……什麼叫『妳醒來了嗎？』啦！幹麼每次都用這種方式叫醒我！」

兩名女性開始在我背後爭吵。

「我要跟爸爸講說，製作人對我做出很過分的事情喔！」

「請隨妳高興，不過沒用的。」

「咦！」

「妳父親有對我說過『女兒的事情就全權交由妳處理了』這樣充滿信賴的話喔。」

「太、太奸詐了！製作人妳一定全力使用自己父母的人脈對不對～～！」

「那又如何？先胡亂狐假虎威的人是妳吧，從這次開始，請妳當作這種手段已經沒有任何作用了。」

「唔嗚～～～～～～！」

真希奈小姐發出很不甘心的沉吟聲。

這時候她好像突然注意到我，於是開口：

「啊，和泉老師也在啊。喂，你也來對這個恐怖的製作人說些什麼吧～」

「別管這些了，請妳先穿上衣服！」

我背對著女性群大喊。

縮在毛毯裡的真希奈小姐，就只有穿著內衣褲而已。

「啊、啊啊～我好像洗好澡後在毛毯裡打滾，結果就這麼睡著了。」

我聽到真希奈小姐這麼說，然後她繞到我面前。

她用半裸的身體只披著毛毯的模樣，像是要捉弄我般問說：

「……有看到嗎？」

「沒看見！」

「真的嗎～？」

「真的沒看見啦！請妳快去穿衣服！我會把眼睛閉上的啦！」

「……不是啦，你害羞到這種地步的話，連我也會開始害羞了說。」

接著穿脫衣服的聲響持續一陣子……不久後傳來真希奈小姐「已經可以睜開眼睛嘍」的聲音。

睜開眼睛一看，她已經換上一件輕便的運動外套。

……真的越看越不覺得她年紀比自己大，她到底幾歲啊……？

這位真希奈老師把擺在桌上的眼鏡掛起來。

「所以，你們跑來我家要幹麼～～？」

「在那之前，我有件事想拜託妳。」

「嗯～～什麼事啊。」

我全力低下頭鞠躬。

「請讓我打掃這個房間！」

這裡不是人類能居住的地方！

在討論腳本等議題之前，無論如何都必須先淨化這裡才行。

我會想到如果這是紗霧的情況的話。

窩在房間裡頭還無所謂，可是……

「一直待在骯髒的房間裡頭，絕對是不行的！如果生病的話要怎麼辦！」

「咦、咦……？」

真希奈小姐擺出有如我在腳本會議時的反應。

她被我氣勢洶洶的模樣嚇到。

「打、打掃是嗎……是無所謂啦……」

「非常感謝妳！那我馬上去買清掃工具！」

當我背向她往玄關跑出去時……

「……你還真是個奇怪的傢伙呢。」

真希奈小姐說出微微混有笑聲的這句話。

一個半小時以後──

「喔～～變乾淨了耶。」

總而言之，我先把這個釋放瘴氣的骯髒房間變回姑且能讓人類生活的狀態了。垃圾分類過後放到角落。地板用抹布仔細擦過，散落一地的衣服在經過屋主許可後拿去清洗，然後掛在陽台曬乾。

書本、遊戲還有人物模型這些宅宅週邊由於整理起來會沒完沒了，所以先移動到空房間裡頭。只有客廳先復活成正常的生活空間。

「只是稍微打掃一下而已。說真的，原本應該要花上一整天徹底清掃。」

本來，想要在一個半小時內把骯髒的房間全部打掃乾淨就是不太可能的事情。

這終究只是暫時的處置。

我們圍在客廳中央的圓桌坐下。桌子上擺著我泡的茶，以及我買來的點心。

「和泉老師，你真會做家事呢。」

赤坂製作人把口罩跟三角巾拿下，同時這麼說著。

她說不能讓我一個人打掃，於是便提議要一起幫忙。

「真是抱歉，占用到妳的時間。」

說不定由於我的任性，就讓遊說真希奈小姐的寶貴時間減少了。

「不不，不會的——和泉老師，你在自家時也經常幫忙打掃嗎？」

「與其說是幫忙，嗯，家裡的事情全部都是我在處理的。」

雖然覺得這種話題的流向不太好，但也不能說謊所以就這麼回答。

想當然地，這個問題就來了。

「你的雙親怎麼了嗎？」

「他們已經不在了。」

我努力保持開朗地回答，因為經驗上這樣講是最好的。再來只要對方能夠辨別氣氛，稍微跟我道個歉就能在最短時間內改變話題。

不過……

「喔，原來如此。還這麼年輕做事卻如此踏實可靠，就是有因為這個原因啊。我能理解了。」

赤坂製作人很普通地把對話進行下去。

對於雙親已經過世這種會凍結現場氣氛的回答，她完全沒有展現半點動搖。

……難道說，她早已知情還刻意這麼詢問？是這樣的話，又是為了什麼？

「那麼，你是一個人獨居嗎？」

當然不可能……唔嗯，果然……

感覺赤坂製作人，好像在誘導我的回答。

「我跟妹妹兩個人一起住。另外雖然沒跟我們住在一起，但也有位監護人。」

「這樣子啊，真的非常感謝你肯回答這些問題。跟妹妹兩人同住——妹妹的生活起居，就由小說家的哥哥來照顧……原來如此呢。」

這時赤坂製作人意有所指地看著真希奈小姐。

「……葵老師，似乎是這樣喔。」

「啊，我有聽見。不過為什麼要這樣問我？」

「沒什麼，只是說說看而已喔。跟某對姊妹很相似這種想法，我可完全沒有想過……喔，這個茶真好喝呢。」

她好像在掩飾什麼般拿起茶杯喝茶。

真希奈小姐明顯變得很不高興。

「啊～～煩死了。不要講這個話題……也差不多該說你們是來幹麼的吧。」

「——那麼，讓我們進入主題。」

赤坂製作人投出有如刀刃般銳利的話語。

「話說回來，葵老師妳昨天會議結束之後都在做些什麼呢？」

「就不停來回刷手機遊戲的活動迷宮啊。」

給我寫原稿啦。

「原來如此。那麼，這代表依舊完全沒有動手進行工作的意思吧。」

「哈哈哈～好啦好啦，還不到慌張的時候～畢竟還有六天嘛～」

「講完這類台詞之後，妳有那次順利完成工作過嗎？」

「……沒、沒有嗎？……………………一次左右……」

「從來沒有過。」

無比恐怖的對話，在我眼前展開。

這跟妖精老師和克里斯大哥那令人發出微笑的對話好像很相似，但實際上完全不同。

到底是哪邊不同？就是最終她真的不會工作這點。

「………………………………」

我低下頭，緊握雙拳。

「這次一定！這次一定沒問題的！」

「……上次我也聽過完全相同的台詞。」

唉，赤坂製作人嘆了口氣。從她的模樣看來，似乎已經接近放棄。

……真的已經無法挽回了嗎？

要讓紗霧她最喜歡的真希奈小姐負責撰寫腳本，真的是如此困難的事情嗎？

不對——！

「葵老師！」

不對吧！我是為了什麼，才一起跟來這裡的！

「是、是的？怎麼了嗎？」

「我……！想要跟使出全力的葵老師一起工作！今天是為了說服妳這件事而來的！」

我把身體探出去，表達率直的想法。

「————」

真希奈小姐聽了我的話，不停眨著眼睛。

「喔……這還真是……熱血耶。」

「我跟情色漫畫老師一起看過《梅露露》了！那真的很有趣！構思那個故事的人，是葵老師沒錯吧！如果是那樣的人，就能把我們的作品託付給她……如果是這群人，我們的夢想就能夠實現——」

我不知道有沒有好好表達出來，也有是自己在一頭熱的感覺。

即使如此，我還是拋出自己的想法。

因為如果不說出口，什麼都無法傳達給對方知道。

真希奈小姐輕輕咬住嘴唇……

「你們的夢想是什麼？」

並這麼說。這個問題，感覺並不是在開玩笑。

最重要的就是當自己要拿出誠意拜託別人時，絕對不能說謊。

「我的妹妹就是情色漫畫老師。」

「我的妹妹因為雙親過世的緣故，所以一直躲在房間裡無法出來。」

「我想要讓妹妹盡情放聲歡笑！不管是憂鬱的心情、不想回想起來的記憶、不安還有擔心——我想讓她把這些事物都吹跑！所以！」

「情色漫畫老師跟我一起創作出超有趣的輕小說！讓它動畫化！把妹妹從房間裡帶出來！要在客廳一起觀賞我們的動畫，我們是這樣約定好的！」

「這就是——我們的夢想。」

「……跟妹妹一起……兄妹一起……創作作品。」

「是的。」

「那就是，你們的夢想。」

「沒錯。」

「……這樣啊～」

真希奈小姐在我眼前低下頭，我也就這樣向她鞠躬。

「為了實現我們的夢想，妳的腳本是必須的。還請妳，務必助我一臂之力。」

「……………………」

真希奈小姐低著頭，暫時陷入沉默。

不久後她抬起頭……

「——就算你這麼說……」

似乎很困擾地搔搔臉頰。

「其實我也不是，不想全力以赴喔……」

「但、但是！」

此時赤坂製作人伸手制止想要反駁的我。

「好了好了，請你先冷靜下來。」

不知為何——那是聽起來心情很好的聲音。她用只有我能聽見的音量小聲地……

「這是你的功勞。」低語著。「接下來請交給我吧。」

「……喔、喔。」

稍微猶豫一下後，我就照赤坂製作人所說的做。因為她的聲音裡充滿著自信。

而且——

——明天我預計會帶著能讓葵老師提起幹勁的「遊說素材」，前往她的住處。

我也想起這句話。

「葵老師，其實我有份禮物要給妳。」

「咦？那是啥……有種不好的預感。」

真希奈小姐的表情明顯變得僵硬，赤坂製作人則把手機的畫面轉過去給她看。

「這是葵老師的勁敵寄過來的影片。」

「……？我有什麼勁敵存在嗎……是誰啊。」

我這邊因為是死角所以看不見畫面。

不過從手機裡頭可以聽見女性的可愛聲音。

哎呀哎呀，喜歡偷懶開天窗的腳本家。好久不見，妳過得好嗎？

我可是超有精神的唷！

其實明年春天，我現在連載的漫畫就要動畫化了！

咻～咻～拍手拍手拍手拍手！

也、就、是、說，這跟妳現在擔任腳本的什麼鬼輕小說要在相同時期播放唷♪哎呀～～～～

不覺得很懷念嗎？

讓人想起梅露露正在播放的那個時候呢。竟然跟我作品的播放時間完全重疊！每個星期我們都在互相搶奪觀眾呢♪

不過，結果我的作品在不上不下的時候被腰斬掉了。

然後啊，就被某個用裝可愛聲調的傢伙跑來徹底挑釁了一番！

啊～現在回想起來還是很火大～～～～～！那完全是在嘲笑別人呢！

不過嘛，那也是以前的事情了吧。我的心胸可是很寬大的喔，我就賜與妳寬恕吧。

這次我會贏的！話先說在前頭，這次可是我的自信作喔！還聚集了超有才華的製作群！

啊～不過也沒辦法吧。

畢竟最近妳老是開天窗，所以一直被開除腳本負責人的職位嘛！

看來沒辦法展開相隔數年以來再直接對決了，真遺憾～☆

唉～～～反正妳終究是只靠梅露露系列紅個一次的傢伙。

還是個沒有姊姊在就什麼也做不到，只有父母光環跟巨乳算是優點的腳本家嘛。

過去我居然把這種傢伙當成勁敵看待，真是對自己沒有眼光的程度感到羞恥呢～那大概就是這樣，好好期待我的新作動畫唷！

愛妳唷～～♡

嗶。

影片結束播放，也聽不見全力嘲諷真希奈小姐的聲音。

雖然有好幾個很在意關鍵字，但比起這個……

「…………」

真希奈小姐緊盯著變暗的畫面看著。

「喔——」

然後突然一臉認真地……

「喔~~~~~~~~~~~~~~~~~~~~~~~」

……好恐怖。

「這傢伙還真是一點都沒變耶~~~哈哈哈哈！」

她的眼睛完全沒有笑意。

「哎呀呀~~~只不過稍微取得一~~點點優勢，然後什麼都還沒開始就如此興高采烈這一點，真的是很可愛呢~~真想再把她打到落花流水，然後再看一次那張悔恨的表情嘲笑她一番呢~~嘻嘻嘻嘻嘻。」

那是張邪惡的笑容。

這完全就是反派角色的台詞。

赤坂製作人對露出冷笑的真希奈小姐說：

「葵老師，如何？有稍微鼓起些幹勁了嗎？」

「算有吧~~」

真希奈小姐把圓框眼睛往上推。

剛才那睡眼惺忪的模樣，已經從眼神中消失。

「真是個好禮物。總而言之——至少已經產生想要盡力而為的幹勁了。」

「那真是太好了。」

赤坂製作人滿足地點點頭，接著對我小聲地說句：「你看，真是人渣對吧。」

「…………」

這種感覺該怎麼表現呢？

我……為了實現「我們的夢想」……

是不是讓窮凶惡極的壞蛋成為同伴了呢？

當我因為複雜的心情而沉默不語時，真希奈小姐瞪著我說：

「話說在前頭，這跟你講的話可沒有任何關係喔。」

「咦？」

「不管是你們的夢想，還是兄妹一起創作作品之類的……就算聽到那種感人故事，也不可能讓人提起幹勁嘛。要讓得意忘形的白痴女人徹底知道自己有多不自量力——只是這樣而已。真的，百分之百就只是這樣而已。你可別搞錯了喔～～」

「喔、喔。」

「懂了嗎？」

「……我懂了啦。」

「那就好。」

真希奈小姐點點頭。

此時赤坂製作人向我行個禮。

「和泉老師，葵老師就麻煩你多多照顧了。」

「咦……？那是什麼意思？」

在聽見回答之前，真希奈小姐對我說：

「和泉老師，我要大幹一場嘍！」

她用力握緊拳頭。

「很──好，從明天開始使出全力吧！」

請妳現在就給我使出全力！

然後隔天。

用充滿幹勁的表情喊著「明天開始使出全力」的腳本家葵真希奈，跟她宣言的一樣開始進行非常積極的活動。

她首先開始進行的就是──

「啥？真、真希奈小姐！妳為什麼跑到我家！」

「直到動畫完成為止，請你們家養我吧♡」

第三章

「直到動畫完成為止，請你們家養我吧♡」

在我家玄關開口說出這句話的，是可愛的圓框眼鏡少女——葵真希奈。

行李只有很孩子氣，看來像是動畫週邊商品的背包而已。

「妳……！妳、妳在……說什麼……」

「就是我們一起生活吧，的意思喔♡」

不用說宅宅，那是連普通男性都能一擊必殺的超賣萌姿勢與台詞。

連我都有一瞬間感到難以招架。

「唔……」

超可愛的女孩子跑進家裡頭，提出想要同居的請求——

簡直是有如夢境般的情節。

但是實際發生在現實裡頭時，只會感到困擾而已。

咦？什麼？這傢伙在講啥鬼話？——只會跑出這種感想。

再加上這個跑到別人家玄關講些莫名其妙要求的對象，對現在的我而言是絕對無法視而不見的重要人物，所以也不能置之不理。

種種想法在腦海內激盪——

「…………」

但最後，我還是只能啞口無言地注視真希奈小姐。

結果她疑惑地歪著頭。

「奇怪？難道說——這橋段不好笑？」

「……啊，不是。並不是在說這好不好笑，而是根本不懂意義何在……」

「喔……那這樣要再說明一下才行。嗯～～～～～～～該怎麼講才好呢～～～～」

真希奈小姐把手抵在下巴，「嗯唔唔……」地思索著。

「昨天我不是說過『明天開始使出全力』嗎？」

「是。」

「所以我就來了！」

「我不懂這是什麼意思啊。」

「這是代表跟你們兄妹一起居住，能夠讓我使出全力的意思喔！」

「我果然還是不懂這什麼意思……！」

這個人到底在講什麼啊。

「咦，真的嗎？聽不懂？這個嘛……就是……」

真希奈小姐雙手交叉在胸前更進一步思考。

「之前被赤坂製作人那麼一說，我才終於察覺到。」

她吐出舌頭。

「我如果自己一個人住，就完全不會工作♪」

「…………」

雖然無關緊要，但她的表情真令人火大。

由於不知道該怎麼回答才好，所以我依舊保持沉默。而她繼續說：

「你喜歡《梅露露》——之前有這麼說過對吧。」

「是的……我跟妹妹還有情色漫畫老師……都是看了那部作品，才成為妳的粉絲。」

「嗯，謝謝喔♪不過你也已經知道……那個系列是『我唯一有完成到最後的工作』。雖然嚴格來說其實還有更多一點——不過可以完全抬頭挺胸說『這是我負責的作品』的，就只有梅露露系列。」

這段話聽起來稍微有點奇特。

——只靠梅露露系列紅個一次的傢伙。

那個影片裡的人物，是這麼說的嗎？

那句話——是事實啊。

超暢銷動畫《星塵☆小魔女梅露露》。

這份工作和除此之外的工作。

對她來說，兩者到底有什麼不同。為什麼只有梅露露能夠完成到最後。除此之外的作品，為什麼都不好好工作——為什麼會無法工作呢？

我抱持的疑問，立刻獲得回答。

她以極為開朗的聲音說：

「製作梅露露的時候，我不是自己一個人獨居。有一起居住的人……會照顧我的生活起居。不管是作品還是腳本方面的事情，對方都可以跟我聊上很多很多，這也成為刺激，那時候每天都充滿幹勁。」

也許就是這樣極高的創作意願，才製作出超暢銷動畫《星塵☆小魔女梅露露》這部作品。

「所以嘛，創作『梅露露』劇情的人是葵真希奈——雖然被人這麼說，但我自己卻不這麼認為。撰寫腳本跟實際想出劇情的人是我沒錯——但我是跟一起居住的那個人，兩個人一起創作出來的……我是這麼認為。」

「…………」

「你能理解嗎？這種感覺。」

「我能理解。」

我立刻這麼回答。

「因為我也一樣。」

「是嗎？」

「是的，我的《世界妹》雖然也是我自己思索劇情，並且動手執筆……但我也認為，這不是我自己一個人的作品。」

而是小說家和泉征宗，以及插畫家情色漫畫老師的作品。

也是和泉正宗與和泉紗霧的作品。

現在的話，也可以把責任編輯神樂坂小姐還有負責漫畫版的愛爾咪老師加進來。

講得更精確點，在私生活上支持我們的京香姑姑，值得尊敬的前輩作家妖精，在學校最理解我的智惠還有每次都很照顧紗霧的惠……

以及總是開心閱讀這部作品讀者們，也帶來很大的影響。

影響真的很大。如果沒有大家在的話，這部作品就不會呈現出這幅景象了。

我是這麼強烈的認為。

《世界上最可愛的妹妹》。

這部作品，不是屬於我一個人的。

也不是我們兄妹兩人的東西。

而是大家一起創作，屬於大家的作品。

「這樣啊。」

真希奈嘻嘻地露出能看見牙齒的笑容。

「那個作品，是你們兄妹的作品是吧。」

「是、是這樣沒錯。」

這麼說來，去說服這個人的時候有把我們兄妹的夢想跟一些內情告訴她。
雖然覺得那是很好的判斷，但是被這樣講出來，果然還是很令人害躁。
「那是我們兄妹——然後還有包括讀者在內的所有人一起創作的作品。」
「然後從今天開始，也將是負責動畫腳本的我，所擁有的作品對吧。」
「我是這麼希望的。」
「既然如此，那我就更必須跟你同居了！」
「為什麼啊！」
同居這個單詞到底是從哪冒出來的！
「先說好，我從剛才開始就是超認真地在講這些喔。」
真希奈小姐彎腰，用一臉認真的表情靠過來。
接著……
「要讓我超認真使出全力的必備要素有三個！」
她豎起一根手指。
「第一項！全身上下充滿幹勁的優秀共同製作者！也就是你♡」
「唔……我、我的確是很有幹勁沒錯！」
「第二項！能夠殷勤照顧我的溫柔飼主！也就是你♪」
「飼主？」

這字面聽起來太糟糕了吧！

不要把養育家裡蹲這件事用「飼養」來表現啦！

會讓我腦中浮現掛著項圈的紗霧啊！

「第三項！能夠刺激創作意願的題材！也就是你們兄妹兩人！」

「呀啊啊啊！」

竟然列出這麼不得了的陣容！

「原作者喜歡的人是第一女主角的參考對象！那是沒有血緣的妹妹！而且住在同一個屋簷下！因此那個女孩的真實身分，就是情色漫畫老師！」

「為什麼會被發現到這麼多！」

我完全不記得有說過自己喜歡的人是紗霧而且她就是情色漫畫老師啊！

「不不不，第二次腳本會議時不是有聽你講過你的戀情嗎？」

「最重要的部分我應該都有隱藏起來才對啊！」

「根本一目了然啦！」

「咦！」

「既然有那麼多提示的話，就算不是我也會察覺吧。」

真希奈小姐瞪大眼睛，一副像是說你在驚訝什麼的表情。

「……真的假的……怎麼會這樣……！」

我羞恥到用雙手蓋住臉龐。

沒想到我的戀情已經完全被知道了……！

另一方面，真希奈小姐……

「這麼有趣的題材已經好幾年沒遇過……！這種……這種的——」

她緊閉雙眼並握緊拳頭，全身也不停顫抖。

「我只能來一起同居了嘛！因為能讓我的靈魂為之震盪的美好要素，你家裡全部都齊備了！真是太棒了！」

「————」

被這強烈的氣勢壓倒，讓我倒退一步、兩步。

結果她把臉靠過來，更進一步進攻。

「養我吧！征宗哥哥！請好好養育我吧！」

「我有一個家裡蹲的妹妹就夠了！」

「那寵物也可以！讓我成為你的寵物吧！」

「快住口！不要一直講那些被附近鄰居聽見可不是開玩笑的台詞！」

這女人該不會是故意這麼講的吧！

「就說這是為了寫出全力以赴的腳本，所以無～～～～論如何都必須要有的事項嘛！」

「～～～～～～～～～～～～」

我用力緊閉雙眼。

「即使如此還是不行！因為我妹妹討厭這樣！我絕對不會做出讓紗霧討厭的事情！」

即使那是為了實現兄妹的夢想也一樣。

「────」

「────」

我跟真希奈小姐在近距離互相瞪視。

這是段強烈又濃密的對話。比我跟這個人至今所有對話都還要強烈，還要更加濃密。

打破這種僵持狀態的人，不是我也不是真希奈小姐……

「哥哥！」

妹妹的聲音從上空傳來。

我猛力回頭一看。

結果就看見紗霧已經走下大半階梯，正注視著這邊的身影。

「紗霧！」

雖說她最近已經能走出房間，但這不代表家裡蹲症狀已經完全治好。

在不認識的人面前露面──光是這樣，對妹妹來說就是沉重的負擔。

「妳……沒事吧！」

「我……沒事。」

怎麼可能沒事。她的腳像剛出生的小鹿般顫抖，臉色也一片慘白。

「事情我聽說了。」

即使如此，紗霧還是自己走下樓梯，毅然地注視真希奈小姐。

「妳說為了撰寫《世界妹》的腳本，想要跟我們兄妹同居。」

「嗯，是啊。」

「所以，我正要拒絕——」

「哥哥。」

我的話語被紗霧在中途打斷。

「為了實現『我們的夢想』……這是必要的對不對？」

她重新筆直注視著我。

並且握緊拳頭。

「那就這麼做吧。」

「……紗霧。」

「你、你看！連妹妹也都這麼說了呀！」

雖然真希奈小姐高聲大喊說這樣真是剛好……

「……妳可以稍微閉嘴一下嗎？」

但我瞪視過去，讓她安靜下來。

「……哼～嗯……這邊就是真的會讓你生氣的地方呀～」

雖然她實在不太懂得要閉上嘴巴。

我無視真希奈小姐，朝紗霧詢問：

「妳是在勉強自己吧。」

「嗯，是很勉強。」

「看吧。所以說——」

「可是，我已經聽見了。」

「…………」

「因為聽見了，才要勉強自己……即使勉強，但為了實現『我們的夢想』，要請葵老師寫出最棒的腳本。」

「……………………」

「這時候不好好努力……如果變成一部無聊的動畫，那樣子我更討厭。」

既然她這麼說，那事情已經決定了，因為情色漫畫老師就是這樣的人。

而且，她也是個只要決定這麼做，就絕對不會改變主意的頑固傢伙。

嘖，我不禁咂舌。真是大失策，不應該在這種地方交談的。

「真傷腦筋……這樣會讓愛爾咪那傢伙生氣的。」

明明就是為了避免這種事，她才特地來給我忠告。

「讓你擔心……真的很對不起喔。可是……我沒問題的。」

「唔……」

我粗暴地搔弄後腦杓。

接著朝真希奈小姐，用低沉聲音說：

「葵真希奈老師。」

「喔、哦……？」

「同居這件事，我會積極正面的討論看看。」

「就是要這樣！」

這時我對高喊「太棒了！」的她，加上「可是……」這句話。

「這不是我們兄妹就能夠決定的事情。」

「怎麼說？」

「得需要監護人的許可。」

大概一個小時候——

我在附近的咖啡廳跟京香姑姑面對面。

店裡稍微有點擁擠，有好幾組看起來剛結束社團活動的學生們在談笑。

「京香姑姑，非常感謝妳特地跑來一趟。」

「沒有關係，因為我是你們兄妹的監護人。」

和泉京香——現在應該也不用特別介紹了，她是照顧我們兄妹的人。是我父親的妹妹。

對我來說是血緣相連的姑姑……話雖如此，她是位年輕又美麗的女性。

雖然是個被稱為「冰之女王」，給人冷漠印象的美女……但她也是位肯在之前《世界妹》的舞台活動上，挺身而出擔任情色漫畫老師替身的熱情女性。

「正宗，動畫的新工作似乎正式開始進行了……不過你的身體有沒有哪邊狀況不太好？」

「我非常健康。」

「那就好。只不過，我也稍微調查了一下……那似乎是會給原作者帶來沉重負擔的工作。」

「這個嘛，是比之前要稍微辛苦一點吧。」

「…………那麼，讓我幫你緩和一下吧。」

「？」

「就是我對你進行的『測驗』這件事。」

京香姑姑用低沉又令人恐懼的聲音說著。

「如果工作很忙碌的話，那學校的成績退步也沒辦法。另外，如果無論如何都沒辦法去學校……這種情況應該也會發生吧。那時候不用在意跟我的約定，請以你重視的事物為優先。」

「……喔、喔。」

「雖然我曾說過，要你學業和事業並重……但沒辦法也沒關係。至少，在你工作很忙碌的期間不用在意。」

「…………」

『我對你已經沒有任何期待，徹底放棄了。』——聽起來真像是這種令人恐懼的意思。

不過我們已經敞開心胸好好談過，所以現在我能理解。

她的意思並不是那樣，一定沒錯。

「學校你要休息多少天都無所謂。成績不管退步多少，我也不會責罵你。相對的——請你務必要注意自己的身體狀況。因為，那是無法挽回的事物。」

京香姑姑是個會用恐怖的聲音，說出溫柔話語的人。

只要捨棄偏見仔細聆聽，就能發現她只會講出很溫和的話來。

「明白了嗎？」

「是，我明白了。」

內心感到一陣溫暖。

「不過沒問題的。畢竟是自己提出來的條件，我會兩邊都顧好。」

「…………你真的要好好注意喔。」

京香姑姑無奈地嘆口氣。

「所以，正宗……要跟我商量的事情是？」

她現在對我們兄妹而言，可以說是最值得信賴的大人。
第三位家人……我是這麼認為的。
我率直地跟這位京香姑姑，開始商量這次的事情。
在學生們人聲嘈雜的店裡──

「京香姑姑，請跟我一起住吧！」

「────────呼耶？」
似乎太出乎意料，京香姑姑瞪大雙眼。
然後不知為何突然……滿臉通紅。
「你突……突然……在說什麼……！」
「咦？」
由於不能理解她為什麼臉紅，讓我疑惑地歪著頭。
同時店裡頭──也突然開始大聲喧囂。
其中女學生們用特別高亢的聲音喊著：
「真的假的！是求婚現場！」
「好棒喔！是年紀相差很多的情侶嗎！」

「「並不是——！」」

我跟京香姑姑立刻站起來，同聲將這些話全部否定。

京香姑姑用很快的速度一口氣說出：

「正、正宗！請你立刻說明剛才那句話的真正意思！竟、竟然說要跟我一起……這……！」

「那是希望妳能跟我們兄妹一起居住的意思！」

「沒、沒有奇怪的意思對吧！」

「那當然啊！這不是要兩個人一起同居或是什麼色色的勸誘！請不要搞錯了！」

「我從一開始就沒有搞錯！」

京香姑姑用視線發出的冷凍光束橫掃店裡。

「就是這麼一回事！這只是我跟姪子間的健全對話！你們懂了吧！」

「冰之女王」的氣勢，讓女學生們點頭稱是。

就這樣，喧囂終於沉靜下來。

「……呼……唔……」

京香姑姑突然顯得相當疲憊，並用有如冰柱的視線貫穿我。

「……真、真是的……都是正宗你突然講些容易讓人混淆的話……」

「對、對不起。」

「所以說……那個……你們兄妹要跟我……一起居住，是嗎？」

「是的。」

「為什麼會提出這種請求？」

「這個嘛，我沒有自信好好說明清楚耶……」

我對京香姑姑說明事情經過。

關於《世界妹》的動畫，將由葵老師這位知名腳本家來擔任。

然後還有葵老師是個奇特的人，她說如果不在我們和泉兄妹這個作品題材身邊仔細觀察，就沒辦法寫出腳本。

「也就是說……在動畫製作期間，她想要跟我們兄妹同居。」

「……還真是毫無常識可言的要求。」

我也這麼認為。

「從事創作工作的人們，大家是不是都有這種傾向呢？」

「這個，搞不好……還真的是這樣。」

同行的大家，真的非常抱歉……！

總之我腦裡能立刻浮現的範圍裡，根本沒有幾個可以抬頭挺胸說是「正常」的人！

有的不上學，有的讓人生脫離世俗社會，有的又是過度克己禁慾的危險人物。其他還有死醉鬼或是有特殊癖好的變態，可說是奇人怪人的大拍賣。

「話說回來，我也被包含在沒有常識的那群人裡頭了嗎？」

「是你多心了吧。比起這個，剛才講的這件事我覺得應該不需要詢問我。要跟從來沒見過面的外人同住，這根本無法讓紗霧身處的環境好轉。別說是我，正宗你就不可能同意了。」

不愧是姑姑，真了解我。

「紗霧她贊成喔。」

「！」

「因為這是為了『兩人的夢想』——」

「說服的……」

「相當困難。」

「那位叫葵的腳本家……」

「非常有才華，是為了實現夢想所必須的人才。」

「……原來如此，真令人困擾呢。」

京香姑姑陷入沉思。

我探出身子向她訴說：

「所以為了減輕紗霧的負擔，才想說請京香姑姑一起跟我們住。」

「…………就算我也去跟你們住，這樣不是只會讓紗霧的精神負擔更沉重嗎？」

所以，現在才會分開居住。

京香姑姑這麼回答。

我搖搖頭，並繼續這麼說：

「想要請京香姑姑一起同住這件事，原本就是紗霧開口提出的。」

「咦？」

看來京香姑姑似乎很驚訝，她瞪大眼睛。

「在那個舞台活動之後……想要跟京香好好成為家人……如果能跟值得信賴的大人一起住，那樣就能放心了……這些話，都是紗霧所說的……」

「咦……咦……」

「所以就算沒有葵老師這件事，我們也打算拜託妳跟我們住在一起。」

「……真、真的嗎？我……可以跟……你們兄妹兩人……一起生活嗎？」

「是，那當然！讓妳因為我們兄妹而折騰了大半天，真的非常抱歉。不過，可以請妳務必好好考慮一下嗎！」

京香姑姑皺起眉頭，露出冷若冰霜的表情。

「沒有必要用那種像是對待外人的拜託法。」

……那當然是不行啊，人渣。聽起來只像是這種意思。

京香姑姑似乎是驚覺到自己又擺出嚴厲的表情。

於是她顯得無比慌張，接下來露出那個僵硬的笑容——

「我這邊才是……小女不才，今後還請你們多多指教了。」

說出有如回應求婚的答覆。

由於這頗令人害躁，所以我暫時維持沉默，正襟危坐地低著頭。

抬起頭時，就跟和我做出完全相同動作的京香姑姑四目相交。

「那……個……」

「那、那麼……必須馬上開始準備才行。」

「說、說得也是呢。」

我們結結巴巴地交談，不過——

「行李會在明天搬進去……同住就從後天……開始吧。」

「好、好的，有沒有我能幫忙的事——」

「……你又這樣增加自己的工作了。既然要跟我一起生活的話，就請你把那種逞強的習慣改掉好嗎？」

「不，可是…………………請不要露出那麼恐怖的表情，我知道了啦。」

「那就好。」

絕對不會感到不愉快。

我們之間進行的，是血親之間的對話。

「對了，正宗。在我們談好關於同住的細節之前……」

此時京香姑姑的視線往旁邊一滑。

「可以請你先介紹一下那邊的可疑人物嗎？」

「耶——？」

這句話出乎我的意料，我同時也往隔壁桌看去。

結果那邊有個很眼熟的圓框眼鏡少女兩眼閃爍著光芒，興致勃勃地偷聽和泉家的對話。手上拿著筆記本，正在寫些什麼東西。

「真、真希奈小姐……妳在幹什麼啊。我不是說過要跟監護人商量，所以要妳稍微等一下——」

「哎呀～～嘿嘿嘿……」

真希奈小姐絲毫不以為意，反而得意洋洋地摸著頭。

「問我在幹什麼啊——那當然是在觀察啦～～」

「觀、觀察？」

「沒錯，就是觀察呀♪關於你們兄妹的日常與非日常，還有化為作品零件並且圍繞著你們的世界。因為馬上就有了就近觀察的機會——所以我當然不可能有不去的選擇吧。」

這真的很耐人尋味喔——她這麼說。

真希奈小姐用舌頭舔舔嘴唇。

就像才剛把美味的點心吃完一樣。

那個表情非常地愉快、邪惡……

然後也似乎很矛盾……

彷彿對哪裡感到焦躁一樣。

「雖然像是部裝模作樣的家族連續劇～不過對於理解作品也能獲得幫助吧——我想。」

有如貓咪的眼睛，看著我跟京香姑姑。

當我因此皺起眉頭的瞬間——

「好痛！」

京香姑姑的手刀，已經劈在真希奈小姐的頭頂。

……這個人怎麼老是被打頭啊。

「妳、妳幹什麼啊！」

真希奈小姐雙手抱頭，淚眼汪汪地發脾氣。

而京香姑姑則用冰冷的視線看著她的頭頂。

「這是管教。」

「什、什麼！」

「從跟正宗的對話看來，妳應該就是腳本家的葵某對吧。接下來將要跟我還有我的家人，住在同一個屋簷下沒錯吧。」

「是、是啊。」

「既然如此，就請妳遵守和泉家的規矩。首先第一項，家族要互相敬重。也就是說……」

「不要因為年紀比妳小，就對這些孩子擺出瞧不起人的態度。」

「…………」

好恐怖。

這低沉的聲音跟瞪視也太有效了吧……

連知道她真的很溫柔的我，膝蓋也開始不停發抖。

妳看！真希奈小姐已經臉色發青了啊……

「那、那個，和泉老師……我沒有聽說過，你家裡有這麼一位恐怖的大人物在耶。」

「跟妳聽見的一樣，我今天才剛拜託她跟我們一起住而已。」

「這真是有意思……能成為參考……可是好可怕……」

看來身為創作者的習性還有身為人類的生存本能，正在她內心不斷產生衝突。

京香姑姑就這樣低頭看著臉色慘白又不停發抖的真希奈小姐，並且說：

「妳是叫……葵真希奈小姐是吧。」

「嗯、嗯……」

「身為一起居住的大人，在此命令妳。請把剛才妳那『裝模作樣的家族連續劇』這個發言收

回去。」

「我才不要。」

「我雖然非常不擅長跟別人變得親密，不過讓他人感到恐懼卻比什麼都來得擅長。一個人真正憤怒起來是什麼樣的感覺，要我讓妳徹底體會一下嗎？」

「和泉老師，妳的監護人真的好恐怖啊！可是，我不要收回。有那種感覺也是事實，收回的話就變成說謊——不過，我道歉。對不起，這不是可以隨便開口說出來的話。」

這個謝罪能夠感受到她的誠意。

也能感覺到不願意收回發言的固執。

她對「家族」這個詞，到底有什麼糾葛？作為作品的題材，跟她對此非常執著這點有什麼關係嗎？

「老實說我很不滿，不過還是原諒妳。」

我中斷失禮的探究，並接受她的謝罪。

「京香姑姑也是，非常謝謝妳代替我生氣。」

「不會……然後，正宗。繼續剛才的話題，關於同住的詳細討論……就等明天再繼續吧。」

京香姑姑伸出修長的五根指頭，猛力抓住真希奈小姐的頭。

緊抓到發出嘎吱嘎吱的聲響——

「因為今天我接下來有必要跟這一位，好好談論一下有關於『和泉家的規矩』這方面的細節。」

「咿呀啊啊，投降投降我投降啦！可惡～～～！不、不應該是這樣的……同時獲得理想的『飼主』哥哥還有『最棒的題材』妹妹這完美的計畫……」

「妳終於說出真心話了！再說妳到底幾歲！不管怎麼看都只有十幾歲啊！學校呢！其他家人呢！」

「那會破壞我『有神祕氣質的美人』這種形象，所以我不想說啊～～～～！」

「打從一開始妳就沒有那種形象！這些種種內情，我至少要徹底問個一清二楚！」

看來……拜託京香姑姑一起同住，似乎是非常正確的決定。

從這情況看來，增加同居人對紗霧造成的負面影響，應該已經減輕到最低限度。

就這樣。

這次和泉家加入一名新的家族，還有一位寄宿的食客。

是溫柔又恐怖的姊姊，和家裡蹲的妹妹。

隔天，我們在客廳討論同居的細節。

有我、京香姑姑、真希奈小姐，還有雖然是透過平板電腦——

『……請……請多多指教……葵老師。』

但紗霧也一起參與討論。

這也是真希奈小姐跟紗霧正式的初次見面。

描寫這副情景之前，先形容一下來到我們家的真希奈小姐的情況。

「妹妹大人，我是葵真希奈。從今天起，將以和泉家寵物的身分，受到各位的照顧。」

她好像變成讓人不知道該做出什麼反應才好的物體。

『……咦……咦……？』

尊敬的腳本家突然超乎必要地謙卑，讓紗霧感到困惑。

「……京香姑姑，這傢伙是怎麼了？」

「我只是跟她聊聊，讓她搞清楚自己的立場而已——只不過這種愛搞怪的態度實在很難完全修正過來。」

「沒有這回事，在下我，對京香大人，有著無比的尊敬。」

看起來的確只像是故意在搞笑。

不過，畢竟這個人因為赤坂製作人，所以早已習慣恐怖的姊姊了吧。

看來連「冰之女王」的說教，似乎也無法矯正這種性格。

「總而言之，請妳先別用那種破銅爛鐵機器人的講話方式好嗎，葵老師？」

「好喔，主人♡」

「也不要叫我主人。」

真希奈小姐恢復原本的語氣說：

「那你也不要用敬語跟『老師』叫我。要叫小真希奈也可以，直接叫名字也無所謂。實際上，我們的年齡也沒差多少。」

她到底幾歲呢？雖然很在意，但本人跟（應該已經有問出來了）京香姑姑好像都不會告訴我。

「那就叫真希奈小姐。」

她輕咳一聲。

「『小姐』也不需要就是～～算了沒差。」

「所以啦，請多指教喔……正宗先生♪」

或許是想報復一下吧，於是她這樣子稱呼我。

『……唔。』

另一方面，紗霧在畫面裡不滿地鼓起臉頰。

也許是親眼目睹尊敬的真希奈小姐露出本性，所以感到幻滅了吧。

面對這樣的紗霧，真希奈小姐依舊不正經地向她賣萌。

「妹妹大人也是，請多指教喲♪」

『請多指教……小真希奈。』

紗霧似乎決定這麼稱呼她。這時候，真希奈小姐態度也變得比較正經。

「這次提出如此為難各位的要求，真是抱歉。我會盡量不造成妳的負擔，為了製作出『優秀的動畫』，請妳要讓我取材喔。」

『嗯……沒問題，我明白的。』

「相對地，妳就真的把我想成是溫馴的寵物之類的就好喔！想做什麼儘管吩咐我吧！」

『明明是寵物為什麼會穿著衣服呢？』

「妹妹大人！妳的第一道命令就好嚴苛！」

『……開玩笑的。』

「可是妳下這道命令自然到好像女性向遊戲裡頭的邪惡千金大小姐耶！真、真的只是開玩笑嗎？」

「……大概有一半是。」

當然這也算是紗霧以她自己的方式，緩和現場氣氛的玩笑話吧。

但是，那時候我看見了。

真希奈小姐顫慄發抖，並且用手抱著自己身體。

然後情色漫畫老師的碧藍眼睛，閃爍著光芒。

這是決定和泉家裡「排名」的一瞬間。

『呃，剛才這個真的只是玩笑話……不過不可以上來二樓。』

「是！沒有妹妹大人的許可我絕對不上去二樓！」

這位僕人（寵物）——不，真希奈小姐挺直腰桿認真地回答。

「剛好說到這個，接著來決定大家一起生活時所該遵守的規則吧。」

京香姑姑如此提案，我朝向紗霧問說：

「首先是紗霧，除了沒有許可就不要到二樓以外還有其他要求嗎？像是希望大家這麼做，或是希望大家不要這麼做的事情。」

『京香還無所謂，但是小真希奈……我希望哥哥去學校的期間，她不要待在家裡。』

提出了個滿重大的條件呢。

「真希奈小姐，妳覺得如何？」

「這個嘛，基本上我只要能看到你們兄妹在一起的時候就好了。可是這樣，我上午的時候該去哪裡才好？」

『附近有很寬廣的河堤喔。』

「這、這是開玩笑的吧……？」

「紗霧，還有其他的嗎？」

「你們兩位等一下！和泉兄妹！快說這是在開玩笑啦！」

「我偶爾也會這麼做啊，拿筆電去那邊工作其實還滿舒服的喔。」

「很熱耶，我不要！不要小看家裡蹲的紫外線抗性啦！我會被烤焦的！」

真希奈小姐露出雪白的手臂。

還真是不健康。

「漫畫網咖！上午我就去漫畫網咖工作！」

這個人絕對是去看漫畫的吧，我覺得去河堤邊工作還比較實際點。

「——然後，還有其他條件嗎？」

『那個……就是……』

紗霧顯得忸忸怩怩，似乎很難開口。

『我只跟……小真希奈說。』

「啊。」

真希奈小姐似乎因此察覺到什麼。

她嘻嘻～很開心的笑著。

「是這樣子呀～～♪那來跟姊姊講悄悄話吧。」

真希奈小姐把耳朵靠到平板旁邊。

紗霧好像竊竊私語地在講些什麼事情。

『……跟哥……不可以的……絕對不行。』

「ＯＫ♪哎呀～我正是想要獲得這種體驗呢！就是這一種！幹勁都湧現了～～～有來真是太好了！」

『不、不可以說出來！』

「我知道啦，妹妹大人♪」

『說出來的話，就要妳一輩子都全裸過活。』

「懲罰會不會太重了！」

可惡……她們兩個竟然聊得這麼開心，總覺得有種微妙的疏離感……

紗霧不想讓我聽見的「寄宿條件」到底是什麼呢？

同住的相關議題討論完畢後，京香姑姑和真希奈小姐就開始搬家。

這裡來說明一下和泉家的房間配置。

一樓是客廳跟與其相鄰的廚房、我的房間、浴室、盥洗室、廁所等。

二樓是紗霧窩在裡面的「不敞開房間」，還有隔壁紗霧用來放衣服的房間。

另外還有一間我們兄妹倆的父母以前的房間和廁所。

這時候京香姑姑和真希奈小姐要搬進來。

包含紗霧在內一起仔細討論的結果——

我的房間將移到二樓放衣服的房間，空下來的地方給真希奈小姐使用。

然後二樓雙親以前所使用的房間，就由京香姑姑入住。

如果是給親生妹妹使用，過世的老爸也會允許吧。雖然有遺物跟佛龕的房間，但我判斷如果是京香姑姑就沒有問題。

關於我跟京香姑姑搬來二樓這件事，雖然有著「這樣紗霧沒問題嗎？」的強烈疑慮。但本人說：

『——……有點不行，但是沒問題，我會加油。』

這樣的回答。

今後從房間到走廊上時必須多加注意，盡量不要剛好碰見紗霧出來的時候。

我跟京香姑姑都一樣。

『我的衣服沒辦法全部移到這邊來……所以會留在隔壁房間……這樣可以嗎？』

「沒關係喔，我的東西也很少。只要能擺桌子跟床就好了。」

雖然這個絕對不能說出口……

但每次打開衣櫥時就看到許多妹妹的衣服掛著，會讓人感到臉紅心跳吧！

京香姑姑跟真希奈小姐的行李也都少到極端，所以搬家立刻就結束了。

「我之前租的房間沒有解約，所以家具類的東西就放在那邊。」

京香姑姑這麼說著。

「會這麼做，也是不知道這樣的同住方式會不會順利。」

似乎是顧慮到要是紗霧難受的話，就馬上中止住在一起。

想得真是週到。

另一方面，真希奈小姐搖晃著背包這唯一的行李說：

「我的房間不是租的，要帶一堆東西過來也很麻煩，所以只要有工作用具就夠了。」

「衣服要怎麼辦啊？難道說……」

「我可不打算全裸生活！衣服會用網路購物隨便買一些啦。再說我也不知道衣服放在那個房間的哪個角落，所以也沒辦法帶來啊。」

「外套在西式洋房的衣櫃裡，上衣在衣櫥下面數來第二個抽屜，內衣褲擺在右下方那邊。」

「為什麼你會知道啊！」

「因為是我收拾的。」

「內衣褲也是？等一下！真的假的！征宗你會不會太色啊！」

「妳的房間太髒亂，我根本沒有多餘心思去對那些散落一地的衣服抱持心術不正的感想！而且，要直接接觸時我有拜託赤坂製作人幫忙！」

馬上產生問題了！

疑慮案件一——洗滌！

『因為哥哥喜歡清洗女孩子的內褲……』

「我才沒有喜歡！」

「畢竟增加兩名女性了，住在一起時的洗滌就由我來負責吧。」

「嗚嗚……麻煩妳了。」

幸好有京香姑姑自願負責，所以要在女性比例很高的家裡洗滌衣物的重大問題也獲得解決了。

「之前的掃除是怎麼進行的？」

「每個星期一、三、五的傍晚，還有六日的上午我都會打掃。紗霧也會在我出門時幫忙打掃的樣子，包括自己的房間在內。」

家裡蹲有兩種。

喜歡乾淨的家裡蹲，跟什麼都不做的家裡蹲。

「那麼，今後就由大家來分擔掃除工作吧。」

「咦？我也要嗎？」

真希奈小姐指著自己的臉，露出「真不敢相信」的表情。

「那當然。既然住在這個家裡，家事就該由大家協力進行。」

「哎呀～～這有點～～就是說～～不太適合我耶～～～～」

這就是什麼都不做的家裡蹲案例。

於是我送她一句真心真意的話語：

「真希奈小姐沒有做家事的能力，所以不用幫忙也無所謂。」

「太棒了！不愧是正宗先生！真是太了解我了！」

真希奈小姐歡欣鼓舞地拍打我的肩膀。

「正宗，這樣可不行……」

「她可是不要幫忙會比較省事的等級喔。相對地，就請真希奈小姐妳在腳本方面多多努力了。」

「了解啦！一切就交給我吧！」

這個人只有回答會特別有精神耶。

「唉……」

京香姑姑無可奈何地嘆口氣，接著用強硬的語氣說：

「那關於飲食方面，今後讓我來負責。」

「不，飲食就跟以前一樣由我來做吧。即使人數增加，但其實不會多花太多功夫——而且我也想製作給紗霧吃的餐點。」

畢竟我們家妹妹很偏食的。

我也是花了一整年，才總算能作出符合紗霧喜好的餐點來。

即使再忙，這件事也不能交給別人來負責。

京香姑姑只能勉強接受我的說詞。

「……既然如此的話，那也沒辦法。但絕對不要勉強自己。」

「主人！我期待你做出美味的餐點唷！」

真希奈小姐舉起雙手，眼神閃閃發光。

如果是用主人與僕人的設定，這發言實在很奇怪。

主人貼心地準備食物這種情況——是貓跟飼主嗎？

紗霧從畫面裡綻放笑容說：

『……小真希奈，妳覺得飼料要餵K●lKan還是乾飼料比較好？』

「情色漫畫老師，妳對我會不會太過狠毒了！說是很憧憬我的這件事跑哪邊去了！」

『人家不認識叫那種名字的人！』

吵吵鬧鬧的對話持續著。

我為了平息她們兩人，於是用宏亮的聲音大喊：

「京香姑姑、真希奈小姐，請告訴我妳們喜歡吃什麼。為了紀念今天搬家，讓我來做些美味大餐吧！」

「太棒啦！我想吃漢堡排！」

嗚喵！真希奈小姐發出非常刻意的阿諛諂媚聲音，並且整個人躺到我膝蓋上。

對男孩子來說這或許是很讓人開心的情景，但是為什麼我只覺得很厭煩呢？

『……小真希奈……我剛才說的事情，妳已經忘記了嗎？』

「我沒忘記！而且這樣子完全不算吧！」

『我～說～～不～～行～～』

嘎嗚嗚嗚，紗霧也像貓咪般發出低沉的威嚇聲。

也許是家裡蹲之間能互相理解，兩個人看起來相處得不錯。

雖然還是一樣完全不知道她們說的是什麼。

總之就這樣，新生活開始已經過了兩天。

距離下次的腳本會議——也就是真希奈小姐能不能繼續負責腳本撰寫的時限，還剩下兩天。

我一邊上學，一邊撰寫原作小說。

紗霧也跟往常一樣在家裡繪製插畫。

京香姑姑每天都從和泉家出門工作，然後在傍晚回家。

至於真希奈小姐，就照她的希望——

「正宗先生、正宗先生。」

目前在客廳裡頭，待在我旁邊撰寫系列構成的原稿。

我們把筆電擺在同一張矮桌上頭，在同一個空間裡頭工作。

「真希奈小姐，什麼事？」

「我現在……原稿啊……………………………………已經寫一行了喔。」

「…………」

我目不轉睛地窺探她一臉得意的表情。

然後，直接把心底湧出的話語說出口。

「……所以？」

「稱讚我♡稱讚我♡」

「真不愧是真希奈小姐！」

「對吧！對嘛！還好啦～～～～～～～～～～～～～～♪」

超煩的。

三十分鐘後。

靜悄悄的室內，只有敲打鍵盤的聲音喀嚏喀嚏響起。

「正宗先生、正宗先生。」

「真希奈小姐，什麼事？」

「我現在……原稿啊…………………………………………又寫一行了喔。」

「…………………」

「你看你看！」

「……好啦好啦。」

這不是只有寫到第一話的標題而已嗎？

兩行，哎，大概就是這樣子吧。

「接下來終於要進入第一話的內容了！你做好覺悟了嗎！」

「真不愧是真希奈小姐！請妳好好加油！」

「哎呀～～～還好啦～～～～～～～～♪我會加油的～～～～～～～～～～～♡」

又過了三十分鐘後。

「正宗先生、正宗先生。」

「真希奈小姐，什麼事？」

「我現在⋯⋯原稿啊⋯⋯」

「不愧是真希奈！不愧是真希奈！」

這傢伙工作時也太愛找人講話了吧，到底是有多麼無法集中精神啊。

我的靈魂已經理解到，為什麼只要她一個人獨居就無法寫出原稿的理由。

不每隔三十分鐘稱讚她一下，這個人的引擎就會熄火。

「正宗先生、正宗先生。」

「真希奈小姐，什麼事？」

真希奈小姐緩緩地把智慧手機畫面拿給我看。

「我抽到ＳＳＲ了！」

「不要玩手機遊戲啦！給我去寫原稿！只剩兩天了耶！」

這種對話重複了好幾次。

「正宗先生、正宗先生。」

「不愧是真希奈！不愧是真希奈！」

「我什麼都還沒說啊！──可以放動畫來看嗎？」

「妳要邊看邊工作嗎？」

「對對對。我播放動畫，然後邊瞄邊工作。這樣子就會產生幹勁呢～～」
明明事情只要一次做一件就好了——話雖如此，雖然我不相信，但似乎也是有這種人存在。
「什麼都可以，可以隨便播放個你推薦的動畫嗎？」
「那就《星塵☆小魔女梅露露》吧。」
「唔，怎麼偏偏選這部！」
「不行嗎？」
「沒有，是可以啦。只、只是好丟臉……」
於是我們一邊播放葵真希奈的動畫代表作品，同時繼續進行工作。
當然偶爾……
「正宗先生、正宗先生。」
「不愧是真希奈！不愧是真希奈！」
還是會重複這種對話。
不久後真希奈的手指離開鍵盤，並且伸個懶腰。
這動作強調出豐滿的胸部。
「很～～～～好，寫完一頁了喔～～～～」
總之，我想對稍微有些進展這件事感到高興。因為下次的腳本會議前——也就是兩天以後如果沒有完成系列構成的原稿，她這份工作就要被炒魷魚了。

這部分也是跟妖精老師不同的地方，真希奈小姐即使燃起幹勁開始撰寫，工作速度還是很慢。在旁邊看著，實在讓人很焦急。

「辛苦了，要泡個茶嗎？」

「你真的很貼心耶～～正宗先生簡直可說是照顧家裡蹲的專業人士！」

「這都是為了深愛的妹妹。」

我抬頭挺胸地回答，於是她突然把視線從我身上移開。

「哼嗯，為了深愛的妹妹呀……………」

「？怎麼了嗎？」

「啊，沒什麼。茶點我想要吃布丁～～♪」

「我就猜會這樣，所以有去買了。」

「好耶♪」

我們稍事休息，補充水分與糖分。

順帶一提，她喜歡吃的東西我事前就已經問過了。

我把布丁跟茶擺到桌上時，真希奈小姐拿起湯匙並且把握柄朝我這邊遞出。

「正宗先生。來，這個給你。」

「？」

由於不懂這個動作的意思，讓我疑惑地歪著頭。

結果，她向我露出笑嘻嘻的表情。

「餵我吃♪」

「什、什麼！」

「喊『啊～～』然後餵我吃♪」

「才、才不要！好丟臉！」

「咦～～有什麼關係～～你肯餵我的話，原稿就能一口氣寫完了呀～～好嘛～～好嘛～～拜託啦～～♡」

「……………………」

雖然搞不太懂，但如果這樣能讓工作進度前進，自然是小事一樁。

「那就……」

我接下湯匙，挖起一口布丁。

緩緩靠到她的嘴邊──

「啊、啊～～」

「啊～～嗯。」

──就在這個時候。

咚咚咚！激烈的踩地板聲從天花板響起。

「……………………」

「……………………」

我們一起抬頭仰望天花板，我把視線轉回來以後說一聲：

「她好像說『也幫我拿點心過來』。」

「噗！」

真希奈小姐忍不住笑出來。看來這似乎打中她的笑點，還抱著肚子露出很難受的樣子。

「噗……呵呵……你聽得懂喔。」

「哎，因為我是哥哥嘛。所以啦，我稍微上去一下。」

「好～路上小心喔。」

當我走向客廳門口時，真希奈小姐不知為何拿出取材筆記跟筆來。然後喃喃自語地說：

「……………啊～真讓人害躁。」

我把布丁跟茶擺到托盤上，接著走上階梯。抵達二樓時，紗霧直挺挺地站在房間外面，雙手交叉在胸前，並露出憤怒的表情。

我瞪大眼睛。

除了紗霧親自判斷為「安全的人」以外，有其他人在時她就無法走出房間。可是——

「妳跑來走廊沒問題嗎？真希奈小姐就在下面耶。」

「二樓的話，沒問題。」

「這樣啊……妳為什麼在生氣？」

妹妹猛力把頭甩到另一邊。

「不知道啦！」

由於這個動作太可愛，我差點就要昏了過去。

「妳不講理由的話我也沒辦法道歉喔——來，妳想吃這個吧。」

我把擺有布丁跟茶的托盤，往紗霧那邊遞去。

結果紗霧她轉身背向我……

「拿到這邊來。」

走進房間裡頭，我慌忙追上去。

「放在這邊。」

「好、好。」

我在妹妹的命令之下，把托盤放到折疊式的桌子上。

因為不知道她生氣的理由，哥哥也只能任從妹妹吩咐了。

「坐到我旁邊。」

「好、好。」

「餵我吃。」

「好、好——咦！」

突如其來的要求，讓我用力把頭轉過去看妹妹。

紗霧那可愛動人的臉龐，就在我旁邊。

「剛、剛、剛才……妳說什麼？」

紗霧拘謹地跪坐著，雙手用力壓住大腿。

「…………這樣。」

她低著頭，喃喃自語地小聲說著。平常我還能勉強聽清楚，但由於現在正陷入混亂所以完全不知道這是在講什麼。

就這樣稍微等待一陣子，紗霧她……滿臉通紅地抬起頭來。

「我、我剛才說……餵、餵我吃。」

「————」

這傢伙是怎樣，為什麼要害羞成這樣講出這種話來！

這是打算讓我昏倒在地嗎！說起來在樓下也有被迫做這種事耶！

這是什麼？現在女孩子間正在流行「餵我吃」這種行為嗎？

「沒、沒有聽見嗎？哥哥……你來……啊、啊～～地……餵我吃。」

「～～～～～～～」

……我好像快流鼻血了。

看到我這種快要被ＫＯ的慘況，紗霧也許是判斷為自己被無視了。所以發出慌張的聲音說：

「你、你明明也餵小真希奈吃了！」

「為什麼妳會知道！」

「不知道啦！笨蛋！你跟其他女孩子做過的事情，全部也都要對我做才行！」

「咦！」

這是什麼意義不明的理論！

被喜歡的人講出這種話，我到底該怎麼辦才好！

該去跟智惠磕頭下跪，拜託她給我摸一下胸部嗎！

腦袋太過混亂，害我開始想些亂七八糟的事情。

紗霧在我身邊跪坐著。

她緩緩地……

「嗯！」

把嘴唇挺出來。

看到這個動作，讓我的心臟都快要爆炸了。

因為看起來就像是要跟我接吻一樣。

「嗯…………快一點。」

「知、知道了啦……呃，那就……」

我拿起湯匙挖了一口布丁。

「啊、啊～～」

「啊……嗯。」

緩緩把湯匙放進妹妹微微張開的嘴巴裡頭。

只不過是這樣的動作，就讓我感到害羞不已。指尖也無法停止抖動。

「……………」

「……………」

在這心癢難搔的沉默裡，紗霧慢慢地咀嚼並且咕嘟地吞下去。

「……嗯……唔……」

她伸出舌頭舔著嘴唇。

明明只是餵妹妹吃布丁，這種極度健全的情景。

可惡……她吃東西的方式也太煽情了……！

不健全的心態，讓我產生無法直視的幻覺。

臉龐好燙，簡直像是在三溫暖裡頭。

紗霧那圓滾滾的大眼睛氾著淚光，並且說：

「真是的！這樣子很害羞耶！哥哥你好色！」

「這是妳要求的吧！」

會不會太不講理了！

這段有如天國又像是拷問的時間過去後。

「…………………」

「…………………」

神祕的沉默，飄盪在我們這對面對面坐著的兄妹面前。

既然已經吃完布丁了，那我應該要回去樓下了吧……

「那個……那我，差不多該去工作……」

「我的話還沒有說完。」

紗霧的雙眼，目不轉睛地看著正打算移動的我。

「咦……還、還有什麼事？」

「昨晚……」

紗霧瞇起眼睛，用斷斷續續的單字編織話語。

「你跟京香。」

「我跟京香姑姑？」

「在打情罵俏。」

「我才沒有！」

才想說她突然要講些什麼！真是嚇我一大跳……

「你有。」
「不不不，我真的沒有啊！」
「騙人……你有讓她掏耳朵吧。」
「……！」
「你把頭躺到那穿著貼身窄裙的大腿上……然後讓她溫柔地掏來掏去對不對。」
「可以不要用這種不正經的說法來形容嗎！」
那樣子，不就講得我們好像在做什麼很色的行為一樣嗎！
「再說，那個完全不算吧！」
「為什麼不算！你有做對吧。」
紗霧逼問事情時的眼神！真的好嚴苛！
「不是，所以那個……該說是順勢嗎……」
「哼嗯……哥哥會順勢就做下去嗎？」
「這是在講掏耳朵吧！」
聽起來就像在講不同話題啊！
「呼……紗霧，妳聽我說。那是……我跟晚上回家的京香姑姑聊天時，她突然說『我來幫你掏耳朵，過來這邊。』這樣的話……」
而且是用很寂寞的聲音，說著「……以前，我也常幫哥哥這麼做」……

「我實在沒辦法拒絕。」

「哼嗯，那也跟我做吧。」

「為什麼會變成這樣啊。」

「我說過了吧……你跟其他女孩子做過的事情，全部也都要對我做才行。」

「………………」

讓、讓妹妹掏耳朵……

「……『爸爸』也有讓妹妹掏過耳朵吧。那這樣，我們也可以做。」

紗霧拍拍自己跪坐姿勢的大腿。

「來。」

「………………」

啪啪。

「來！」

「………………」

紗霧穿著跟往常一樣的連帽外套。由於是尺寸比較大的衣服，所以乍看之下裡頭就像什麼都沒穿一樣。看起來雪白又柔軟的大腿，真是種強烈的誘惑。

「……唔。」

紗霧不明白我內心走投無路，不高興地嘟起嘴唇。

拍拍！又用力拍打大腿。

「哥哥！來！」

「知道了啦！我做就是了！」

我不管了啦！我緊閉雙眼，左側頭部躺到妹妹的大腿上。

比想像中還要柔軟許多的觸感，接觸到臉頰。

「……這、這樣嗎？」

「…………」

「……那個……我的頭，會不會很重？」

「……………………………………………………………………………………」

「……………………………紗霧？」

「沒、沒事啦！」

啊哇哇，紗霧發出慌張的聲音。

「……那、那麼……呃……我要掏嘍。」

「喔、喔……儘管來吧。」

我的心臟，從剛才開始就瘋狂跳動。

「……嗯……那就，從比較淺的地方……」

耳朵傳來被輕碰的感觸。

「……你還好吧，會不會痛？」

「……好、好癢。」

「啊……不、不要動……這樣很危險……」

「……啊、啊啊……」

「……呃……那我接下來……要慢慢……往裡面的……」

紗霧暫時集中於運作掏耳棒。

我拚死忍耐著搔癢與柔軟的感覺。

要比較的話，臉頰的感觸比耳朵還要危險。

「……嘿……咻……嘿……咻……」

「…………………」

幾乎讓人要失神的時間持續了一陣子，我什麼時候噴出鼻血都不奇怪。

這時紗霧突然停下掏耳棒。

「……那個……」

「……怎麼了？」

「……哥哥你……最近……都沒怎麼睡吧。」

「！」

我故作平靜地回答：

「沒這回事喔。」

「騙人。」

「…………………」

「…………………」

看來這下子沒辦法矇混過去，我老實地……應該說用稍微含蓄的表現說：

「嗯～～……可能有少睡一點點吧。決定要動畫化以後……工作果然還是增加了……必須提前多趕些原作進度……不過，這也沒什麼——」

「學校。」

紗霧打斷我說的話，直接講出「原因」。

「嗯，是沒錯。得在學校花上半天的確很傷。」

一邊上學一邊進行小說家的工作，然後又要處理動畫化增加的工作——這種情況，比想像中還要辛苦。

即使動畫腳本停滯不前……各種細節工作每天都像垃圾郵件般送來。

設定監修、特典、短文、特別企畫、廣播劇腳本、訪談、對談……等。

要把這些工作潤飾跟完成，再加上檢查……總而言之，有很多種類。

這些工作跟撰寫小說相差很多，無論如何都要花上不少時間。尤其這幾天因為同住的事情而搞得兵荒馬亂，根本沒時間睡覺。

話雖如此，但現在還沒有問題。

我很有精神，也超有餘裕。也沒有不滿，還覺得儘管來吧。

只不過……想到接下來就會更加忙碌……還真的會有點害怕。

畢竟動畫化這種事，我是第一次經歷。

「……哥哥。算我拜託你……稍微睡一下……好嗎？」

「喔，知道了，我沒事的。」

是聲音還是氣息……之類的嗎？

雖然不知道是什麼原因……但是只要我一熬夜，似乎就會被紗霧發現。

居然讓妹妹擔心……真是失策！

「……你根本不懂吧。」

「沒那回事，我真的懂了。」

以後不會讓妳擔心的啦。

「……你真的完全不懂。」

紗霧用食指戳進我的臉頰裡。

「哥哥……」

「嗯？」

「就這樣睡著……也沒關係喔。」

「當然不能就這樣睡著啊，今天的工作還沒有做完呢。」

再說處於躺在喜歡的人膝蓋上這種情景下，怎麼可能睡得著。

「是嗎……那差不多該結束了。」

紗霧似乎是放棄了。

「不過……唔……耳朵裡頭，好像原本就很乾淨。」

「那是當然的啦。」

畢竟昨天才剛清理過而已。

「……算了，沒關係。那樣子……也還有其他作法。」

她打算幹什麼？總覺得有點恐怖。

紗霧輕輕地把掏耳棒從我耳朵裡拿出來……

「就用後面的絨毛球……來搔癢一下。」

「～～～～～～～～」

一陣酥麻的感覺──我背部瞬間麻痺。

紗霧看到這個情形，很滿足地笑了出來。

「好，結束了！」

「呼……」

總算結束了。總覺得好像鬆了一口氣，又有點依依不捨……真是不可思議的心情。

紗霧輕輕戳了戳我的臉頰。

「嘿嘿嘿……很舒服吧。」

「……從頭到尾都好情色。」

「情色……唔……」

紗霧的臉龐，有如要噴發出蒸氣般火紅。她雙眼緊閉成><的形狀怒吼：

「哥……你……真、真是的～～！」

由於太過害臊，她似乎連正常講話都講不好了。

取而代之的是……

「！」

嘎噗！她用嘴巴咬住我的脖子。

「唔、唔嗚嗚唔嗚～～～～～～～！」

「等等，好痛！紗……住手……！刺到了！犬齒刺到頸動脈了！」

「份單（笨蛋）——！」

化為銀髮真祖吸血鬼的妹妹，讓我受到沉重的懲罰。

我連滾帶爬地逃回客廳時，真希奈小姐正整個人仰躺在沙發上。

T恤都掀開到肚臍上了，真是不成體統。

「啊～～啊～～啊～～啊～～」

我發出各種意義上都感到傻眼的聲音。

「真希奈小姐。真——希——奈——小姐！請妳起床！會感冒的喔！」

「嗯～～我沒有睡著呀～～？」

奇怪？

真希奈小姐保持仰躺的姿勢，只把頭轉向我這邊。

接下來……

「噗嘻嘻嘻嘻♪歡迎回來，正宗先生。」

她好像終於忍受不住般，發出笑到痙攣的笑聲。

「有什麼事情那麼好笑嗎？」

「不是啦，因為交流感情時的台詞實在都……那樣當然會笑出來吧……！」

是用智慧手機看了什麼搞笑節目吧。

「啊～～肚子好痛。笑過頭了。」

她抱著肚子，發出陣陣咳嗽聲。

「話說，請妳認真撰寫原稿吧。」

「關於這點沒有任何問題。」

真希奈就這樣很沒規矩地躺著把手伸出去，從矮桌那邊拿起ＵＳＢ隨身碟，往我這邊丟過來。

「哎喲。」

我用雙手接住飛過來的物品。

「這是什麼？」

「動畫版《世界妹》的系列構成原稿。」

「妳已經寫好了嗎！」

「託你的福呢。」

「這、這到底是怎麼辦到的！明明到剛才為止都還只寫了一頁而已啊！」

而且至今都只有三十分鐘才寫出一行的速度！

「難道說又是用超大字體寫上『未定』兩個字而已……」

「你到底有多麼不信任我啊！我有好好寫到最後啦！因為向你們兄妹取材的關係，讓我對《世界妹》有更深的理解！所以之前猶豫的部分也能成形，於是就一口氣寫完了！」

似乎是這麼一回事。

「妳有做過什麼像是取材的事情嗎？」

「呵呵呵……當然有呀。」

「喔……」

雖然搞不太懂，但既然她說「有」的話，那就是做過了吧。

她好像跟紗霧偷偷講過些什麼，說不定跟那個也有點關係。

「那麼，我可以馬上看看嗎？」

「請～～畢竟難得有優秀的腳本家創下『提前把工作完成』這種壯舉了嘛。」

「根本不是提前，而是慢了兩個星期喔。」

「喂，不要潑我冷水啦。那個……所、所以啦！下次的腳本會議，請多多指教啦！」

「……是！」

喔……真希奈小姐燃起幹勁了呢。

工作到了一個段落以後，我突然試著開口詢問在意的事情。

「真希奈小姐，可以問妳一個問題嗎？」

「嗯～～？什麼？」

「就是關於以前給妳的影片，那位真希奈小姐的『勁敵』的問題。」

「那傢伙怎麼了嗎？」

「她是怎麼樣的人？」

「你會在意嗎？」

這個嘛，雖然說起來是跟我沒什麼關係。

「是的，畢竟就是那個契機讓真希奈像這樣來到我們家的人。」

真希奈小姐發出「嘿咻！」一聲，似乎很費勁地從沙發上抬起身體。

接下來雙手在胸前交叉，並皺起眉頭。

「唔～～～嗯，那傢伙啊～～～～～～～～～～～～～～～～～～是個討人厭的傢伙喔！」

真希奈小姐用一臉複雜的表情，不過卻又好像有些開心地——開始述說「勁敵」。

「我購買那棟公寓的時候啊，她明明講些『發生災害時妳就逃不出來了♪』或是『妳的興趣還真糟糕！』之類的話來貶得一文不值。結果那傢伙自己也買了相同類型的塔型公寓喔。真的是氣死人了！她其實根本就很羨慕吧！」

不不不，我是想要問說「她是畫哪些作品的人？」這一類的事情啊。

「妳們感情真好呢。」

「一點也不好啦！」

她怒氣沖沖，又很開心地在發脾氣。

實際上哪邊是討人厭的傢伙這點就先放一邊——雖然我想十之八九是真希奈小姐——但能感覺到，她們應該是互相給予刺激的良好關係吧。

「會對《世界妹》的腳本產生幹勁——也是因為被那個人挑釁的關係對吧。」

這麼說來，我還得好好感謝真希奈小姐的勁敵呢。

——要讓我超認真使出全力的必備要素有三個！

以前真希奈小姐曾經這麼說過。

只不過，到頭來如果沒有「要使出全力」這種想法，也不會有現在這種狀況。

「…………嗯～這也是其中一點……想要好好嘲笑那傢伙一番，對我來說雖然是毫無虛假的強烈動機沒錯…………」

真希奈小姐閉上雙眼，暫時發出「嗯～～」的沉吟聲。不久後便好像放棄思考般，說著「唉……算了算了。」地整個人癱下去。

「製作梅露露的時候……不是說過有人跟我一起住嗎？」

「是的。」

「那個啊，是我的姊姊喔。」

「…………我也有想過，總覺得應該是這樣。」

從赤坂製作人跟真希奈小姐的交談聽起來。

「是嗎……那個……你看，我不就是這副德性嗎？都不離開家裡，每天無所事事。基本上也很討厭麻煩事，所以自己一個人絕對不會工作。」

從一開始，我就覺得很不可思議。

這樣的人——為什麼會開始從事腳本家，這種辛苦到亂七八糟的工作呢。

「會開始做這份工作……也是姊姊在各方面都很擔心我，就跑來多管閒事的關係。然後……之後發生很多事情。真的發生太多了……雖然不會跟你說……但是當時真的很快樂。非常、非常地快樂……結果最後變成這樣——我又變回以前的樣子……跟姊姊也分開居住……已經好久沒有見面了。」

真希奈小姐的話裡省略了許多細節，所以無法判斷出整體情況。

不過……有股感情傳達過來。

那是十分強烈，同時也很激烈的寂寞與後悔。

「你跟姊姊有點相似。」

伴隨著虛幻的笑容，她這麼低聲說著。

「我嗎？」

「嗯。照顧家裡蹲的妹妹，一起創作作品……用力拉起我的手，讓我能夠站起來…………

……是為我帶來夢想的人。」

那是句讓我產生一股既視感的話。

「妳的妹妹跟我雖然一點都不相似……但是你們兄妹的夢想，跟我們姊妹過去的夢想卻非常相像。」

原本低著頭的她，把臉抬起來。

「所以，能實現你們夢想的工作……我才會決定要認真地完成。」

「真希奈小姐跟妳姊姊的夢想……有實現了嗎？」

我好像被某股力量推動般，開口如此詢問。

她笑著回答：

「實現了喔。」

「那麼——」

「只不過……嗯，就是那個吧。」

她爽朗地露出能夠看見犬齒的笑容。

「所謂的夢想呀，最重要的是實現之後喔。」

「…………」

那是句沉重的話。不管是對她而言，還有就是剛好對「實現夢想之後」的事情正抱持眾多想象的我而言。

正因為如此，我才會默默地什麼都沒說。

「你要實現夢想，然後獲得幸福喔。如果能夠幫忙完成一部裝模作樣的家族連續劇——我可是會覺得非常爽快的喔。」

這麼一來，她也許會稍微清醒過來吧。

平常總是毫無幹勁又很想睡的眼眸裡，蘊含了強烈的光芒。

情 ero manga sensei 色 漫 畫 老 師
第四章

星期六，下午六點整——

第四次腳本會議開始進行。

議題是第三次的「系列構成」相關。

「鏘鏘鏘～～」

坐在我正面的真希奈小姐，意氣風發地拿高原稿。

然後呼～～地……聚精會神後。

「在此交出！動畫版《世界上最可愛的妹妹》系列構成第一稿！」

「喔，好的。」我這麼說。

「…………」導演這麼說。

「喔耶～～拍手拍手拍手拍手。」原作責任編輯這麼說。

「……可以請妳不要演出這種好像完成艱難偉業的氣氛好嗎？」製作人這麼說。

「等一下！大家的反應會不會太冷淡！」

真希奈小姐揮舞著原稿，並錯愕地瞪大眼睛。

赤坂製作人冷冽地說：

「如果想獲得溫暖的回應，就請妳在兩個星期前交出。」

「……嗚！」

「然後葵老師……妳和原作者同住——」

「是同居！同居！」

「咳咳，你們似乎開始同居了。那麼有獲得良好的效果嗎？」

「超完美！」

真希奈小姐像是要說正如妳所見般，把系列構成原稿拿給她看。

「因為做了各種取材，之前對於原作感到不太對勁的地方也能理解了。效果真是超棒的耶！」

咦？是這樣啊。

……老實說那到底有什麼意義，對我來說只覺得疑惑到想歪著頭思考。

「來討論具體的內容吧。」

赤坂製作人的發言，讓現場氣氛變得嚴肅。

在她的指示下，印刷出系列構成內容的紙已經發到大家手上。

標題寫著「動畫版《世界上最可愛的妹妹》系列構成第一稿」幾個字……

接下來是各話的暫定標題（例如說「妹妹登場！」「勁敵登場！」這種直接表示各話內容的

文字）有十二話列在上頭。

然後每個暫定標題底下，還有著這是相當於原作第幾集，這一回的重點項目是什麼——這樣的內容記述在上面。

同時還有簡單的概要標註在其中。

這是從真希奈小姐本人那種軟趴趴的態度上，無法想像到的縝密文書。

跟上一份只寫著未定的稿子實在天差地遠。

看過這個的雨宮導演，跟往常一樣用微弱的聲音向真希奈小姐詢問：

「一季十二話……到第四集為止？」

「照現在的感覺來看，差不多是那樣吧～雖然單純只是把已發行的集數分割，然後塞進一季的時間裡頭而已。」

一季等於全十二話。

她把手搭在桌上，接著再把下巴擺到手上。

「所以，你覺得如何～？原作者和泉征宗老師～？」

「這個……說得也是……照這個構成來看，每一集的劇情會採各用三話來消化的形式。從第一集到第四集都會一直是相同的步調。」

「是這樣沒錯。原作是輕小說～又是戀愛喜劇～頁數跟文章密度大概是這種程度的話～基本上三話跑完一集的步調會比較好吧～如果用兩話演完一整集的劇情，那樣就會相當趕戲

～但如果用上四話又會太拖戲呢～～」

真希奈運用雙手的手指來進行說明。

「但說到如果都用三話來消化掉一集是不是最好的步調～～這又可能很難說了～～」

嗯，畢竟小說會有很厚的一集，也可能反過來有比較薄的一集嘛。

也不可能用一定的頁數來劃分。

所以當然會有這種情況。

「接下來，我會以原作者的身分表達意見，可以請各位聽我說嗎？」

「麻煩你了。」赤坂製作人代表大家說著。

真希奈小姐從背包裡拿出Ｂ５尺寸的筆記型電腦並且啟動。

「請說～～」然後伸出手掌催促我。

「那麼首先，關於第一集的劇情方面——」

我向大家闡述自己的意見。

關於頁數較多的第一集部分，希望能用心地以四話來構成。

至於為了讓文字能有效果地說明設定所撰寫的場景，動畫如果直接照著演就太冗長乏味了。

所以提議還是改變一下會比較好。第二女主角的初次登場劇情提前，開頭場景的追加提案，等等、等等——這些都是為了今天，所以在以前就想好的提案。

當然，我也不是希望意見就這樣直接被採用。

畢竟我也不是妖精，沒辦法變成那麼厚臉皮的原作者。

所以這終究只是我覺得這麼製作會變得更有趣，不曉得大家有什麼想法嗎？大概是這樣的感覺。

我在製作動畫方面是外行人。然後，也是最為熟知原作小說的職業人士。

真希奈小姐邊聽我說話，邊喀噠喀噠地敲打鍵盤。

「很好，原作者的意見就是以上這些嗎？」

「是。」

「那麼，接下來也聽聽導演和製作人的意見吧。」

「……我認為把系列構成第一稿，加上剛才的原作者意見這種形式會比較好。」

赤坂製作人這麼說著。

「雨宮導演，妳覺得如何呢？」

「…………………」

雨宮導演有如草食恐龍般，用緩慢的動作把手抵在下巴，接著暫時進入讀取狀態。

「……我很喜歡已經先閱讀到……的第五集內容……務必，想要製作。」

下個月十號發售的原作第五集原稿，已經交給動畫相關人員了。

雖然沉默寡言，但可以充分得知她有仔細閱讀原作。

被這麼厲害的人稱讚……讓我高興到不行。

「全十二話，各集二到四話的構成上，第五集的內容無法加進去喔。」

赤坂製作人非常直截了當地說著。

結果雨宮導演就像是被斥責的大型犬一樣變得垂頭喪氣，接著對真希奈小姐流露出有如哀求的眼神。

「……能不能……想想辦法？」

「這個嘛，如果直接把原作跳過一集就能加進去啦。」

聽到這段對話時，我幻視到世界上最恐怖的光景。

超級原作廚村征學姊發出「唔喔啊啊啊！」的大喊聲衝進腳本會議，把導演跟腳本家抓起來血祭的恐怖情景。

雖然真的很失禮，也真的感到很抱歉……

但我對「特定少部分狂熱的原作書迷」所抱持的印象，就是這種感覺。

這也不是僅限於我作品的書迷，只要是能夠動畫化的人氣作品，就必定會有如此強烈的書迷存在。

我為了守護製作團隊的性命舉手發言：

「還是盡可能地不要刪減原作劇情吧。」

「好喔～～這點我也非常清楚的啦。」

真希奈小姐能夠正確判斷我的內心想法真是太好了。

她看向雨宮導演。

「不過相同地，我也接收到導演『想要製作』的意志……原作者、導演、製作人、原作書迷……即使被大家的意見夾在其中，還是能實現大家的願望。是我這個身為優秀腳本家的工作喔！」

超帥氣的。如果是能說出這種台詞的腳本家，我好想一輩子跟隨她。

「……真稀奇。」

低聲插話進來的人，是雨宮導演。

「妳會尊重他人意見的場面……好像……好久沒看到了。」

「是、是嗎？」

「……嗯。」

雨宮導演在桌上交纏手指，點了兩次頭。

雖然跟赤坂製作人相同，她也是個難以判別表情的人……

「……是，好傾向。」

但是我彷彿看到她微微露出笑容。

第四次腳本會議——

以這樣的感覺進行著。

雖然這是當本人不在時從赤坂製作人那邊聽說的，但知道真希奈小姐可以續任後讓我終於放下心中的大石頭。

話雖如此，她因為延遲進度的影響也被出了許多「功課」。

到下次腳本會議之前，她必須寫出反應出今天討論內容的系列構成第二稿，還有第一話的腳本才行。

身為原作者，真的非常期待她能照現在這樣寫出最棒的原稿。

好啦。

就這樣，動畫化相關的工作正式開始進行。

不過還是多少會發生一些問題。

例如說，像是這種事情。

某一天，責任編輯神樂坂小姐怒氣沖沖地打電話過來——

『和泉老師！廣播劇的劇本監修，已經過截稿時間了耶！』

「咦！對、對不起！」

哇啊啊啊啊！騙人的吧！我完全沒有記憶！竟然有廣播劇劇本的監修委託！

沒想到我竟然會沒有遵守截稿時間！這該不會是出道以來第一次吧！

我深切反省，並且為了不要重蹈覆轍而詢問：

「那個，我並不是想要找藉口。但請問是什麼時候提出的監修委託呢？」

『是今天啊！』

「咦……？今天？」

『是啊！我不是在上午寄郵件給你了嗎！』

「等等……那個……妳說是在今天上午寄委託郵件給我的……那這樣……截稿日期是什麼時候？」

『就是今天啊！我不是說過請你在中午以前弄完嗎！真是的喔——和泉老師，你上午到底跑到哪邊混水摸魚了啊。』

「我在學校上課啊！再說，現在也還在學校！正在午休！」

『啊，這麼說來你還是學生喔。』

「我無論如何都得來學校上課，所以平日到傍晚都沒辦法工作，這之前我都有跟妳說過吧。再說截稿時間，至少請妳設定成發出委託後二十四小時以內吧。不管我動筆再怎麼快，這樣子物理上也是不可能辦到的。」

『就算你這麼說，但動畫相關的監修幾乎都是像這樣時程緊迫的東西喔。』

「……我明白了。今後我在休息時間時，會盡可能進行確認。」

『拜託你嘍。因為我會被抱怨的耶～監修這點小事就請你三兩下解決掉吧。』

……不久後就是暑假這真是太好了。

另一天。早晨正在睡覺的我，被責任編輯神樂坂小姐的電話叫醒。
『和泉老師！我拜託你的短文撰寫工作，已經超過截稿時間了耶！』
「咦！對、對不起！」
哇啊啊啊啊！騙人的吧！我完全沒有收到委託的記憶！完全沒有！
沒想到我竟然會沒有遵守截稿時間！這該不會是出道以來第一次吧！
我深切反省，並且為了不要重蹈覆轍而詢問：
「那個，我並不是想要找藉口。請問……是什麼時候提出的工作呢？」
『是今天啊！』
「咦……？今天？」
『是啊！我不是在上午寄郵件給你了嗎？』
「啥？現在就是上午──應該說，是清晨五點耶。」
『是這樣沒錯啊！』
「妳今天……什麼時候寄郵件的？」
『是兩點寄的！你昨天不是哭著跟我說──在學校的時候沒辦法工作，所以我才這麼為你著想耶──然後不是說請你在早上之前送來給我的嗎！真是的喔──和泉老師，你到底都在做些什麼混水摸魚的事情啊。』

「我在睡覺啊！」

『咦？和泉老師晚上需要睡覺哦？』

「因為我是人類！」

雖然最近的確經常熬夜，但昨晚難得有好好睡一覺！

『所以呢？你什麼時候能把短文送來？』

「今天以內會寄過去！」

『六點左右嗎？』

「妳是叫我現在開始寫嗎！」

那不是一個小時後嗎？妳想殺了我嗎！我不過是稍微寫得快一點，這傢伙也太瞧得起人了吧！

我明明說過截稿時間請設定成發出委託後二十四個小時啊～～～～～！

……雖然剛才舉的都是稍微有些特殊的例子，不過大致上是這種感覺。

開始變得比想像中要來得辛苦了。

與其說是「工作做不完」的情況，這比較像是「在我無法動彈的時候，就會產生截稿時間異常短暫的工作」這樣的辛苦。

這是學生——不，是兼職作家才會有的問題。

提供設定給動畫製作小組、短文隨筆、活動會或者是夾著廣告紙的短文或短篇等。

除了對談或是訪談等、各種監修這類細微的工作以外——

其實還有遊戲化企畫在進行！

而且還是手機遊戲跟掌上型主機ＡＤＶ遊戲這樣兩款。

內心雖然歡欣鼓舞，但也確定今後會增加更多繁重的工作。

就是夏季集訓時，讓妖精學姊痛哭流涕的那個。

因為是兩款遊戲，單純加起來就是那個的兩倍。

我覺得現在是七月中旬真的很幸運。

只要暑假開始以後……就能工作一整天了！

因此，時間來到暑假。

會造成阻礙的學校終於消失，可以專心於家事跟工作上頭了。

「這是何等的解放感！暑假萬歲！」

下午三點的點心時間之前，工作告一段落的我忍不住伸個懶腰。

我在自己房間工作，這是最近很難得的情況。

今天並沒有——跟真希奈小姐一起待在客廳。要問原因的話，今天她外出去參加某個同人活動了。順帶一提，不是大家都知道的夏季大型祭典。

明明動畫的腳本工作都已經延遲兩個星期了，還去參加活動這樣沒問題嗎——雖然我有這種想法。

『不可以妨礙宅宅參加期待已久的活動。』

這是最低限度的禮儀，所以今天我就什麼都沒說了。

「……好啦，拿點心去給紗霧吧。」

當我在客廳準備甜點時。

「我回來啦——！」

真希奈小姐回來了。我聽見她慌張的腳步聲，不久後客廳的門就被打開。

「正宗先生、正宗先生！這下子正好！」

「怎麼了嗎？幹麼這麼慌張？」

真希奈小姐眼神閃爍著光輝說：

「我有樣東西務必要給正宗先生還有情色漫畫老師看一下！」

「……我跟紗霧？老實說，這只讓人產生不好的預感……」

真希奈小姐進一步逼進皺起眉頭的我。

「不不不，這真的是跟《世界妹》有關係的事情啦！」

「咦……真的嗎？」

「真的！真的！」

從結論來說——

這是真的沒錯。

雖然這時候我還無從得知……但她說的「務必要給我們兄妹看一下的東西」，的確是跟《世界妹》有密切關係的事物。

只不過，不好的預感這邊也確實猜中了。

「所以啦，請馬上幫我跟妹妹大人預約會面！」

「……既然是這樣的話。」

真希奈小姐因為跟紗霧之間有約定，所以不能擅自上去二樓。

想跟紗霧見面的時候，必須事先獲得許可才行。

我馬上用通訊軟體跟紗霧聯絡，然後把真希奈小姐帶上去二樓。

……明明住在同一個屋簷下，但是想一想這還真是奇妙的狀況。

我跟往常一樣敲敲「不敞開的房間」的門。

於是門扉輕聲地……打開了一點點。

「……有什麼事？」

從門縫裡，可以看見妹妹可愛的臉龐。

這是因為真希奈小姐在旁邊，才能見到的懷念反應。

「小真希奈……好像說……有什麼東西要給我跟哥哥看看。」

「我也還不知道是什麼——真希奈小姐。」

我對位在正後方的真希奈小姐出聲。

「來啦來啦。讓我重新說一次，有樣東西想要給你們兄妹看看。」

「是跟《世界妹》有關係的東西吧。」

「是啊——對了，正宗先生。你還記得我今天是去哪邊吧。」

「好像是什麼同人誌販售會對吧。」

「對對。不是什麼太大型的活動，但是有我喜歡的社團參加。」

「……小真希奈，所以那怎麼了嗎？」

面對我們兄妹的疑問，真希奈小姐有如奇襲般回答說：

「鏘鏘！我買《世界妹》的同人誌回來了！」

「「咦！」」

我們兄妹一起瞪大眼睛。

「妳說《世界妹》的同人誌……嗎？」

「是、是在今天去的活動上買到的嗎？」

「嗯！」

「真的假的……動畫都還沒開始播放耶……但已經有人開始畫了呢。」

「我也嚇了一跳。因為完全沒想過會有人出本——你們看這個，四種都有。」

「喔～～」

我目不轉睛地看著真希奈小姐高提起來的紙袋。

「可以稍微看一下嗎？」

「當然可以呀，我就是為此才買回來的嘛。」

真希奈小姐從紙袋裡拿出四本薄薄的本子，交到我手上。

我拿起這些同人誌，一本本地翻閱。

好，來講感想吧。

「這不是十八禁的嗎！」

「是十八禁的啊！」

結果她很起勁地回答。

我感受到一股難以言喻的羞愧感，同時眺望著自己的孩子遭受情色對待的同人誌。

「……果然版權作品的二次創作同人誌，都是情色系的比較多呢。」

「非情色類的也是四本裡頭有個一本……所以，如何？」

「什、什麼如何？」

「我想知道作者親眼目睹自己作品的同人誌時，是什麼樣的心情！」

這傢伙是為了這種目的才特地買同人誌回來的喔！

「這個……」

我稍微思考一下。

「高興的心情是很強烈沒錯。雖然他們應該是經過各種考量，才選擇這個題材的吧……特地描繪我的角色這點，真的讓我很高興也很光榮。」

「即使是十八禁的也一樣？」

「十八禁的也一樣。」

「喔，原來如此是這樣啊。」

真希奈小姐興致勃勃地寫下筆記。

……就算取材這些事情，我覺得對於撰寫《世界妹》的腳本也幫不上忙啊……

算了，也罷。

她伸長脖子更進一步詢問：

「除了高興的心情以外呢？」

「總覺得也很害躁呢，尤其是看到十八禁的。還有——嗯，心情實在太過複雜了，很難形容。」

那是難以用一句話形容的心癢難搔感。

如果有同人作家說著「我畫了和泉老師作品的同人誌！」然後光明正大地把本子遞過來，我應該會非常困擾吧。那樣子完全不知道該怎麼回答才好。

感覺會陷入混亂，然後煩惱一番以後……

『這角色的胸部沒那麼大吧，去仔細看原作插畫啦。』

說出這種超沒禮貌的感想出來。

請大家務必去問問看除了我以外的創作者們。

如果問我遇到這種情境，會有什麼感想的話——大概就是這樣吧。

「原來如此～你是這種感覺呀。」

「再來就是特別想修改台詞！角色的性格跟語氣，很多地方都有微妙的誤差！例如說這一頁，轉變為絕佳氣氛的這個過程，如果台詞能再醞釀一下不是會更有趣嗎？是我就絕對不會這樣——」

「原作者跑去監修同人誌的話會出問題吧！你要適可而止喔！」

當我們進行這種愚蠢的對話時。

情色漫畫老師那對從門縫裡窺探的眼睛，開始閃爍出光芒。

「也讓我看！」

「咦！不、不行啦！妳在說什麼啊！」

我慌忙讓本子遠離紗霧。結果紗霧卻興奮地從房間裡衝出來，把手伸向本子。

「這是小真希奈為了給我看才買回來的吧！讓我看！」

「就說不行嘛！這種本子對紗霧妳來說還太早了！」

我把情色本拿到更加遠離妹妹魔掌的距離。

「那、那是我設計的角色的十八禁同人誌吧！」

「那又怎麼樣啊！」

「我認為自己也有閱讀那些本子的權利！」

「竟然光明正大地講出這種意義不明的理論！」

這個妹妹是有多想看自己角色的十八禁同人誌啊！

當我強硬地拒絕後，紗霧由於太想閱讀十八禁同人誌，於是眼眶開始變得溼潤。

「嗚……嗚嗚嗚……嗚嗚嗚～～～～～」

「喂、喂……」

紗霧用力握緊雙拳，臉也變得無比火紅。

「給～～～～～我～～～～～看～～～～～啦！」

她當場開始有如跳地板舞般生氣耍賴。

「我也～～～～～要～～～～～看～～～～～啦！人家也想要看色色的同～～～～～人～～～～～誌～～～～～啦！」

「啊啊啊啊啊，真是的！」

我抱著頭。

「等一下！真希奈小姐也一起來阻止紗霧啦！妳幹麼看著我困擾的樣子，然後一直在旁邊偷笑啊！」

「不、不是啦～因為啊……」

真希奈小姐用一臉好像隨時會「噗噗！」笑出來的表情說：

「老實說，我就是想看你們兄妹的那種對話，才把這些火種帶回來的呀。」

「竟然自己坦白招供了！」

「每次親眼跟親耳聽聞你們兄妹的有趣對話後，動畫的品質就會跟著提昇。這份人情我會在完成品上還你們一萬倍的。」

「真的是這樣吧！」

「真的是真的啦。然後正宗先生只要一生氣，講話就會變得很不客氣，這部分讓我很開心唷。」

「唔……！」

於是——

就在我的注意力被真希奈小姐吸引過去時……

「有破綻！」

情色漫畫老師發揮出不像是家裡蹲的瞬間爆發力，從我手中把十八禁同人誌搶走了。

「啊！妳、妳這傢伙！」

「耶嘿嘿……拿到了。」

紗霧陶醉地高舉十八禁同人誌。

在各種方面上，這都是非常危險的畫面。

如果這是輕小說，這絕對是不能畫出插畫的場景。

「！」

紗霧猛力睜大雙眼，並以滑行般的動作要進入「不敞開的房間」裡頭。

「喂、喂！」

我為了奪回十八禁同人誌而伸出手。

結果……

「嘶——！」

「好痛！妳竟然用指甲抓人！把、把那個還來！」

我毫不氣餒地再度伸出手。

「嘶——！呼嘎——！」

「好痛！妳是貓嗎！」

「嘎呼——！」

她像是保護小貓的母貓般發出威嚇聲。

是有多想要保護十八禁同人誌啊。

紗霧緊緊抱住寫著《跟妹妹過著色色的每一天》標題的十八禁同人誌。

「那個啊……哥哥……話先說在前頭……這種……色色的本子……我也不是真的很想看喔。」

「騙誰啊！」

「竟、竟然講得這麼直接！」

不是啦，妳那也不是抱著《跟妹妹過著色色的每一天》所能講的話吧。

「不然還會有什麼其他理由？」

「……才不是。我只是想要以原作插畫家的身分，來仔細觀摩一下挑戰者們所描繪的色色漫畫而已。」

「就算妳說的那種莫名其妙的理由是真的，情色漫畫老師也絕不可能會不想看色色的本子啊。」

「人家不認識叫那種名字的人！」

「但是那位很色的插畫家我可是很熟悉的喔！」

「總、總而言之，我絕對不是因為色色的理由才想要閱讀這些本子的！」

「知道啦，知道啦。我就當成是這麼一回事啦。」

「笨蛋！」

砰咚！「不敞開的房間」關起來了。

「……那傢伙，居然用惱羞成怒來矇混。」

我無可奈何地轉過頭，結果就跟真希奈小姐四目相交。

她蹲在那邊，強忍著不要捧腹大笑。

「……噗……呵呵……那、那個啊……你們兄妹，總是這種感覺嗎？」

「總是這種感覺喔。」

呼，我喘口氣。

好啦，該怎麼辦才好……紗霧那傢伙就這樣拿著十八禁同人誌把自己關回房間裡頭了……當

我用困擾的表情看著房門時——

「呼喔喔喔喔喔！」

紗霧在房門的另一頭，發出有如變態假面的喊叫聲。

「紗霧！紗霧！喂！妳沒事吧！」

我猛力敲門。

另一方面，真希奈小姐由於笑過頭，肚子已經痛到開始痙攣了。

啪！房門開啟，紗霧再度現身。

「……哈啊……哈啊……」

她滿臉火紅，呼吸也很急促。

喜歡的女孩子看了十八禁同人誌而滿臉通紅的模樣。目擊到這種不得了的事情，我到底該怎

麼辦才好……！

「紗、紗霧……？」

「哥哥！」

紗霧就這樣抱著十八禁同人誌，發出充滿氣勢的聲音。

「我也要來畫色色的同人誌！」

「為什麼會變成這樣！」

「如、如果讓我來，絕對能畫出更讓人臉紅心跳的圖嘛！」

「不要跟同人誌對抗啦！」

「我要！」

不是啦！雖然妳的心情我能了解！

我也是閱讀同人誌後，有「身為原作者的自己可以寫出更有趣的發展！」這種心情。

對於最喜歡畫色色插畫的情色漫畫老師而言，十八禁同人誌就像是給自己的挑戰書吧。

正因為如此，才會朝自己來畫同人誌這種方向進行。

「紗霧……妳也正因為動畫的工作而非常忙碌不是嗎？」

「很忙，今天也有繪製全新插畫的委託進來。不過我還是要畫。」

她非常頑固。紗霧淚眼汪汪地指著我們。

「你們等著，我絕對絕對會畫出比這本書還要更讓人臉紅心跳的漫畫來！」

「……這是昨天發生的事情。」

「哼嗯～你們還是一樣會搞些很有趣的事情呢。」

隔天的點心時間，我在自家的客廳裡跟妖精喝茶。

今天的工作已經先告一段落，所以正在休息。

「從那之後，紗霧那傢伙好像就一直把自己關在房間裡畫漫畫的樣子。」

「情色漫畫老師她會畫漫畫嗎？」

「就是那個呀，拜託愛爾咪老師進行漫畫化的時候……」

「啊——是有練習過對吧。」

「沒錯沒錯。」

記得是，如果想要擔任《世界妹》的漫畫化畫家，就畫出比我更有趣的漫畫來——她好像說過類似的話，然後被專職的漫畫家愛爾咪老師打得落花流水。

插畫家這方面先不說，身為漫畫家的力量這方面，情色漫畫老師是不可能贏過愛爾咪老師的。

那時候徹底敗北的情色漫畫老師，有向愛爾咪老師學習漫畫的畫法。

所以應該不至於……畫不出來才對。

「但是會不會畫色色的漫畫就不知道了。」

「也是啦。不過既然要給我們閱讀，就好好期待一下吧——比起這件事！」

坐在我身邊的妖精，突然改變話題。

她用力指向眼前的沙發。

「征宗，那個是怎麼一回事！」

「那個啊，那個是……」

妖精指著的沙發上，有個穿著一身輕便服裝的美少女，正發出懶散的打呼聲。這根本不用解說，就是真希奈小姐。

「新來的家裡蹲妹妹。」

「不要隨便胡扯些有的沒的啦，為什麼會有本小姐不認識的女人在這個家裡頭。」

「不要用那種會引來誤會的講法好嗎？」

「沒有本小姐這個妻子的允許就帶女人進來，你好大的膽子。」

「我什麼時候跟妳結婚了啦！」

「咦？還沒有結婚嗎？」

「當然沒有！」

「這個嘛，玩笑話就到此為止啦。」

妖精移動到沙發前面，冷淡地用斜眼看我。

「這是誰，這是什麼——嘖，真是讓人火大的胸部。」

「不要用手指戳胸部啦！」

我一直想做但都拚命忍住的事情竟然這麼乾脆地——不是啦！

妳對正在睡覺的女孩子幹什麼啊！

「話說征宗會喜歡這種胸部嗎～～？」

「老實說我很喜歡，但那跟現在的情況無關吧！」

因為我也跟著回答真心話，所以話題完全沒有進展。

「征宗？你聽好，本小姐來告訴你世界的真實——巨乳都是胖子！」

這真是會激怒D罩杯以上的女性的說法。

講得好像胸部單薄的人，大家都會說巨乳是胖子一樣。

妖精老師，想要帶風向也要有個限度喔。

「這個人是腳本家葵真希奈老師喔，不要有奇怪的誤會。」

「葵真希奈……就是……那個梅露露的？」

「對。」

「那樣的人，為什麼會在你家裡？」

「解釋起來會很久——」

我把前幾天向京香姑姑講過的相同說明，也對妖精講一次。

真希奈小姐來到我家的經過。

商量過後的結果，京香姑姑和真希奈小姐決定要跟我們兄妹住在一起。

然後，雖然這是妖精特別詳細詢問的事情……但我也把家事的分擔告訴她。

「……哦……同居呀……哦～～……」

妖精聽完以後，不知為何變得更不高興。

滋滋滋……憤怒的鬥氣從她身上散發出來。

她用體育課坐姿憤恨地聽我說明……

啪！接著突然用力拍打矮桌後站了起來。

「那是什麼，好奸詐！本小姐也想跟你們同居！」

「就、就算妳這麼說……」

「再說，仔細想想這樣子剛好呀。嗯……嗯……決定了！」

妖精突然轉變成高興又開朗的表情。

剛才明明還在發脾氣，真是個感情轉變得很快的傢伙。

「征宗！到動畫工作告一段落為止，這個家裡的餐點就由本小姐來負責！」

「什、什麼……」

這出乎意料的提案，讓我只能瞪大雙眼。

「不，可是……紗霧的餐點不由我來做的話……」

「不用擔心，本小姐已經知道那孩子的喜好了。不過，你想自己煮給她吃的心情本小姐雖然也非～～常明白……但請你暫時自重一下吧。」

妖精彎下腰身，把自己的臉往坐在沙發上的我靠過來。

「你沒有那種空閒對吧。」

「…………唔。」

被猜中了。

現在雖然還有些空閒……但這些時間也逐漸一點一滴地被剝奪。

今後會怎麼樣都還不知道。

「對吧。這時候你就心存感激，交給未來的妻子小妖精來負責吧。」

「真是幫了大忙。」

結果，我還是老實地接受這份好意。

呼……我放鬆肩膀的力氣。

「謝謝妳。」

「不用客氣。」

把手抵在胸口，對我回以微笑的她，看起來真是充滿魅力。

真是……這個人每次都很可靠呢。

暫時過了一段平穩的時間後……

她突然用很乾脆的語氣說：

「所以說，從今天開始本小姐也要住在這邊。」

「咦！」

「有什麼好驚訝的，本小姐不是說要同居了嗎？」

「……因為，妳家就在隔壁喔。那樣沒有意義吧。」

「當然有。」

妖精得意地斷言。

「住在隔壁的女孩子，跟住在同一個屋簷下的女孩子，可是完全不同的唷。」

「唔……唔。」

妖精把指尖抵在我的鼻子上，妖豔地低語：

「跟美少女住在一起——很令人臉紅心跳吧。」

「臉！妳的臉靠太近了！」

我慌忙後仰，把臉從她旁邊移開。

「跟本小姐住在一起的話——」

可是就像在追蹤一樣，妖精又把臉靠過來。

「……說不定會遇到幸運色狼情節唷？」

「由女主角主動衝上來的不能算是幸運色狼！」

「反正你一定會太過勉強自己，所以本小姐是叫你偶爾放鬆一下，來點戀愛喜劇的情節啦！」

「妳的心意是讓人很高興，但我也說過自己有其他喜歡的人所以沒辦法吧！」

「呵嘿嘿──這本小姐知道！」

台詞跟行動完全不相符！……不對，是很相符，對她而言全部一切行動，都是知道後才做出來的。

我對喜歡的人所做的事情，妖精她已經一直持續對我做了。

這份堅強，讓我感到無比揪心。

「來，讓我們好好打情罵俏一番吧！征宗！」

看起來似乎沒在思考，但其實卻充滿體貼的快活聲音與笑容。

我很清楚自己堅固的防壁正漸漸地被削去。

「──────」

當我感到一陣暈眩的瞬間。

咚咚咚咚咚！激烈的踩地板聲從天花板響起。

「…………嘿咻。」

這讓我勉強恢復正常。

……在差一點就危險了。

「呿……被妨礙了。」

妖精很滑稽地咂舌，彷彿剛才的交談全都沒發生過一樣地離開我身邊。

「剛才的踩地板，本小姐也知道是什麼意思喔。」

「嗯。」

我們一起抬頭仰望天花板。

「情色漫畫老師的情色漫畫，似乎已經完成了。」

走上二樓後，等待著我們的是……

「呵嘿嘿嘿……」

露出充滿自信笑容的情色漫畫老師。

她雙腳大大張開，威風凜凜地站著，把自信的來源平板電腦抱在胸前。

「……終於完成了。」

「喔、喔……太好了。」

妹妹炫耀說自己畫的情色漫畫已經完成時，身為哥哥該怎麼回答才好？

再說這個妹妹大人，接下來打算拿這份完成品幹什麼？難、難道說……

「哥哥。」

紗霧發出可愛的聲音，並且把平板遞出來。

「馬上閱讀一下吧♪」

果然——！

「…………………！」

大家可以理解我的難處嗎？

比任何人都楚楚可憐的女孩子，擺出有如天使般的可愛姿勢，說著**看看她自己創作的十八禁本子**而向你逼近喔。這真的該怎麼辦才好啦！……該拿起來閱讀嗎？然後還非得說出感想不可嗎？情色漫畫老師，這是什麼拷問啊！

妖精小聲地說：

「……情色漫畫老師她開啟創作模式時真的很糟糕耶，完全沒有羞恥心可言。」

「……嗯，然後等之後想起來時，就會因為太過羞恥而抱頭苦悶。」

我跟妖精用眼神交會以及低聲交談來進行溝通。

紗霧看到這情形，立刻嘟起臉頰。

「哥哥，快點看啦！」

「知道啦！我看就是了！」

我做好覺悟啦！

啪！我自暴自棄地接下平板，開始閱讀原作插畫家情色漫畫老師本人以《世界上最可愛的妹妹》為主題的二次創作漫畫。

整體情節非常地單純。

在妹妹房間裡兩人獨處的兄妹，由於氣氛越來越甜蜜——就是這樣的劇情……所以……那個……

「唔喔喔啊啊啊——！」

承受不住的我開始發狂，兩手開始拿起平板搖晃。

照這樣下去，我會像毒怪鳥一樣在走廊上狂奔並且衝撞牆壁，接著還會開始不停地用頭部撞擊那面牆壁。

「征、征宗，你怎麼了！腦袋沒問題吧！」

「完全不是沒問題！完全不可能沒問題啊！」

因為！《世界妹》裡登場的兄妹，就是用我跟紗霧當參考對象啊！

紗霧幹麼自己跳出來畫那些角色的情色本啊！

「哥哥……！看來這是本會讓你發出如此激烈反應的煽情漫畫呢！」

「煽情的不是漫畫，而是妳！」

「什麼！」

「妳這個情色漫畫老師！今天的妳真的是情色漫畫老師！妳是貨真價實的世界上最色的妹妹啊！」

大家應該聽不懂我在講什麼吧，因為我自己也搞不懂！

「什、什……！」

紗霧看到我連喊情色漫畫老師喊到快要語義飽和後，也解除了情色漫畫老師模式。然後轟隆地……瞬間滿臉通紅。

「才、才不是！我只是喜歡畫色色的插畫還有漫畫而已，我自己才不色這不是已經講過好幾次了嗎！」

「今天妳就算用那種藉口也無法搪塞過去喔！」

「當然可以！這個話題到此結束！別管那麼多，告訴我你的感想！是哪方面讓你覺得很色……之類的！」

「竟然強硬地修正話題～～～～～！再說啊！妳這個……！」我像是要把平板展示給紗霧看般拿起來。「情色漫畫老師畫的情色漫畫！很多地方都很奇怪吧！」

「哪、哪邊！有哪邊奇怪的嗎！」

「所以就說很多地方嘛！首先最奇怪的——」

「最奇怪的？」

「……………………」

糟糕，怎麼辦——我沒辦法把小雞雞的位置不對這件事說出口，還有形狀也是。

「就～～～～是啊……」

雖然順勢就把真心話說出口了。

但是說不定，我是自己把腳踏進險境裡頭了嗎？

「……什麼？快點說啦。」

自己的漫畫被挑毛病，讓紗霧用很不高興的眼神瞪著我看。

重複一遍——

我現在正被最喜歡的女孩子，要求閱讀她自己創作的情色漫畫，然後要求感想。

這樣子，我該怎麼回答？

要以哥哥，以男性的身分擠出凜然的聲音——

『紗霧……這個老二，是不是畫錯了？』

這哪講得出口啊！

不可能……！

「妖、妖精！拜託妳代替我講出來吧！」

「咦？本小姐？」

「妳的話一定可以辦到！」

我把自己的責任整個丟給妖精老師。

「嗯、嗯……只是說說閱讀感想的話……是沒關係啦。」

接下平板的妖精用纖細又美麗的指尖開始滑動螢幕，在我面前開始閱讀情色漫畫。

「……喔……喔……嘿耶……嗚哇……」

妖精即使臉頰染上紅暈，依舊仔細閱讀著情色漫畫老師描繪的情色漫畫。

……這個光景該怎麼說呢……比想像中來得煽情。

「好痛！」

當我這麼想時，就被紗霧在大腿上捏了一把。

「……哥哥色狼。」

「我、我才不色！」

被猜中內心想法的我慌忙否定，同時改變話題。

「別、別說這個了，妖精妳覺得如何？可以請妳代替我，把那篇情色漫畫裡奇怪的地方告訴紗霧嗎？」

「本小姐姑且是看完了啦。」

妖精把低頭看平板的頭抬起來，然後疑惑地睜大眼睛。

「有什麼奇怪的地方嗎？都找不到耶。」

妳也不知道小雞雞的位置喔！

這不會在那麼下面啦……！形狀也是！才沒有那麼細長！……大概吧！

「你看！小妖精也說內容不奇怪呀！」

是啊。奇怪的不只是紗霧，連妖精也是一樣。

我無奈地低頭嘆口氣。

「唉～～真沒用～～」

「你那是什麼態度！既然講到這種地步，那就請你仔細說明一下吧！這篇情色漫畫到底哪邊奇怪了！」

狀況更加惡化。

我被逼得必須站上指正兩名美少女錯誤的小雞雞情報的立場。

「唔，沒辦法……既然這樣的話——」

「「既然這樣的話？」」

「只好呼叫幫手了！」

很了解小雞雞的女孩子，Come on！

我們聚集在我家二樓的「不敞開的房間」門前。

我、紗霧、妖精，還有——

「因、因為這樣……才叫我來的嗎？」

神野惠。

紗霧的同班同學兼班長。

有許多男性朋友的super bitch級美少女。

班級小團體階級內最上層，現充中的現充。

「沒錯。」

我雙手合十向她拜託說：

「惠！拜託妳！請把這篇情色漫畫的奇怪部分，對紗霧說明一下吧！」

「我還是第一次，因為這種理由被男生叫出來耶！」

惠聽完我的請求後，滿臉通紅地發脾氣。

「真是的，你說有很重要的事要拜託我，我才急忙趕來的耶～～！」

「這是超重要的事情沒錯啊！」

至少對我來說很重要！還有對妳的好朋友紗霧而言也是一樣吧！

「為、為為為為、為什麼我要做那麼羞恥的事情才行呀！」

「因為沒有其他人能拜託啊！我認識的人裡頭，能夠跟紗霧面對面交談，同時又熟悉情色描寫的人，就只有super bitch小惠姊而已了嘛！」

雖然我對這部分，到現在都還存有她只是個裝作bitch的fashion bitch的懷疑就是了。

「嗚嗚～～～～～～～！」

惠把雙眼使勁閉成＞＜的形狀。

「再這樣下去，我就要被狂暴的女孩子們脫掉褲子了！內褲也很危險！我幾乎就要遭受到會纏繞男生一輩子的心靈創傷耶！」

救救我吧惠大人！

「我、我知道了啦！這、這也是為了紗霧！就助你一臂之力吧！」

惠有點自暴自棄地伸出手。

我把平板交給她。

「……這就是……………小紗霧……情色漫畫老師的…………情色漫畫……」

惠用近乎凝視的方式開始閱讀漫畫。

「……喔……喔…………原來如此……」

那是跟妖精閱讀時一樣的害羞表情。完全不符合惠的形象，彷彿像是清純少女般的反應。不久後她抬起頭，很明確地說：

「這個情色漫畫跟哥哥說的一樣，很多地方都很奇怪！」

「喔……！」

終於有人跟我有相同的感想了……！

「！小、小惠……我的漫畫……有哪邊奇怪嗎？」

產生這種強烈反應的人，當然就是情色漫畫老師——也就是紗霧。

接著妖精也說著「怎、怎麼會……真的嗎……？」地感到驚訝。

惠發出嚴肅的聲音說：

「小紗霧……小妖精……妳們兩個對男孩子的身體，有很嚴重的誤會……」

「妳說什麼……」「咕嘟……那、那是？」

即使對「男孩子的身體」這個單字感到害躁，兩位每少女還是反問著。

惠有如傳授教誨的先人般，朝她們立起食指。

「仔細聽喔……雖然我想兩位並不知道……但是當男孩子非常非常努力忍受色色的心情時……」

「「努、努力忍受時？」」

「蛋蛋是不會爆炸的。」

「「不會嗎？」」

「不會！」

惠，講得好！不愧是很熟悉小雞雞的國中女生！

「咦？可是……」「漫畫裡頭不是也有這類型的表現方式嗎？」

紗霧和妖精嘟起嘴巴，表示自己無法接受這個說詞。

「那個終究只是漫畫式表現，同時也是比喻型的表現。是『我已經忍受不住色色的行為了～～精神已經到達極限了～～』的這種場景。妳們懂嗎？但是，小紗霧的這種畫法就變成『蛋蛋真的會有物理性質上的爆炸，得快點做些色色的行為才行』這種理論了喔。就是這個地方很奇

已經不行了！
ドン
哇啊——
!!

怪。」

「……從、從大前提的部分就錯了嗎……？」

冷靜安撫對方的惠&受到衝擊而臉色發青的情色漫畫老師。

……難道說，這傢伙真的不是……fashion bitch嗎？

說起來，雖然這都是我安排的……但這是什麼對話。

一群超級美少女聚在一起，居然是在討論「關於蛋蛋的真相」……

這真的有夠超現實。

惠用充滿自信的表情提案。

「其他還有很多想指正的地方，所以我們到哥哥不在的地方討論吧。」

「……小惠……不對，小惠姊……就麻煩您監修了！」

紗霧用尊敬的眼神看著惠。

然後在super bitch小惠姊的監修下，情色漫畫老師的情色漫畫重新進行修正。雖然我也馬上閱讀了修正過後的作品——

「……喂，妳們幾個……這是什麼？」

「哼哼！這次很完美了吧！非常非常寫實而且很色吧！」

紗霧自豪地挺起單薄的胸膛。

並排站在紗霧兩側的妖精跟惠，也是類似的感覺。

她們在「不敞開的房間裡」進行惠老師的講解授課。

經過這堂課後，三個人的性知識似乎已經均等化了。

「的確……跟剛才的漫畫比起來，不自然的部分減少了。」

「對啊對啊，沒錯吧。」妖精這麼說著。

「不只是剛才惠指正的部分而已……明顯很奇怪的，那個……讓我刻意把名稱講得曖昧點——那個的位置，也有仔細修正過了。形狀也確實跟人類的沒兩樣，這點我承認。」

「對啊對啊，沒錯吧。」惠這麼說著。

「所以，惠，我可以問個重要的問題嗎？」

「？請說？」

「這個那個是誰的那個。」

「什麼？」

「所以說，就是那個啊。女孩子要是沒實際看過的話……就是……應該也沒辦法知道，對吧。」

「啊、啊啊——沒錯沒錯。是這樣啊……」

我這刻意拐彎抹角的詢問，惠似乎能正確掌握其中的意圖。

她很得意地這麼回答：

「那是我前男友的！」

「哦～～前男友啊……」

瞬間理解一切的我，瞇起眼睛回以敷衍了事的回應。

於是惠噘起嘴巴，表情顯得很不高興。

「你、你那是什麼反應。我覺得應該要更產生些『妳有男朋友喔。』這種……受到打擊的反應才對呀……」

「囉唆啦！我才想問妳，這個可愛的小雞雞是什麼鬼！」

回過神才發現，我甚至忘記要含糊說出這寡廉鮮恥的單詞，很直接地吐嘈了。

因為那讓我忍不住這麼做！

「咦？咦？」

就像被名偵探指出來的犯人一樣，惠整個人開始慌張。

「這個角色可是高中男生喔！這樣子違和感實在太重，根本就變成搞笑漫畫了啊！」

而且這跟那逼真表情之間的落差超有趣的啊！

「可、可是啊！我看到……弟……前男友的那個就是長這樣嘛！」

「妳的前男友是幼稚園男生之類的嗎？」

然後，她剛才在前男友前面是不是講了什麼？

「唔……」

「小、小惠！」「惠，難道妳……欺騙了我們嗎……？」

像是遭受背叛一樣，紗霧和妖精也對惠送出懷疑的眼神。

另一方面，惠的額頭流出冷汗並開始顫抖。

「才、才不是！人家才不是fashion bitch～～～～～～～～～～！」

惠緊閉雙眼大叫著。

但是現場已經沒有任何人，會老實相信這句話了。

當惠哭著逃回家以後——

「征宗學弟！這到底是怎麼一回事！」

我家又跑來會引發更大騷動的火種。

以颯爽英姿出現在和泉家玄關的和服美少女……

「村征學姊妳怎麼了嗎……為什麼這樣臉色大變！」

「才沒有什麼好為什麼的！征宗學弟！你不是好像要跟妖精開始同居了嗎！」

憤怒到似乎會馬上開始怒踩地板的學姊。

我立刻轉身朝向客廳的方向，大聲喊說：

「妖精～～～！妳又跟學姊講些多餘的事情了吧～～～～！」

「本小姐說啦。」

「哇啊！」

應該在客廳等待的妖精，我一轉過頭就看到她站在那邊。

「村征她暑假時住在本小姐家嘛。剛才本小姐回家一趟時，就在正埋頭於小說執筆的這傢伙背部貼上寫有『和泉征宗的同居情況』的紙條啦。」

「什、什麼時候……」

妖精把手扠在腰際發出嘻笑。

「因為如果只瞞著村征，那太不公平啦。堂堂正正地贏過對手就是本小姐的作法，有什麼意見嗎？」

「唔唔……」

妖精那耀眼的氣場，讓我感到畏懼。

村征學姊指著我說：

「不只是妖精！上頭還寫說某個女性腳本家也住在一起喔！你是怎麼樣！難道打算在家裡建立後宮嗎！」

「那是天大的誤會！」

我拚命揮手跟搖頭，全力否定。

「妖精～～妳說明時居然跳過最重要的部分！妖精雖然是老樣子地自己擅自跑來說要同居，但腳本家真希奈老師是負責《世界妹》動畫腳本的人，她是為了作品的取材才跑來這個家裡居住的啊！」

「不要隨便亂講！要進行作品取材為什麼得跟原作者同居才行！」

「我也不明白這點啊！但她本人說不這樣她就寫不出來，所以也沒有辦法吧！」

「哪會沒有辦法！年輕男生的家裡，居然……讓女人……」

學姊滿臉通紅地發怒。

「那、那這樣，學姊妳打算怎麼做？」

「首先讓我跟那個腳本家見面！身為最熟悉和泉征宗的讀者！還有身為跟征宗學弟……很、很親密的girl friend……我有話跟她說！」

這時代還講girl friend……

雖然知道她很努力地想使用橫向文字。但是學姊，這樣反而很老套啊！

看著我們的交談的妖精笑著拍拍我肩膀。

「征宗，放棄吧。這傢伙變成這樣以後，可是絕對不會改變心意的。」

「妳以為是誰的錯啊……」

「再說，本小姐也想跟她聊聊呢。快點把那隻肥龍叫醒吧。」

明明還沒交談過，但妖精對真希奈小姐還真嚴苛。

「唉……知道啦。」

妖精也就罷了……但是真希奈小姐跟村征學姊，感覺她們兩人好像會很不對盤。

我帶著她們回到客廳。

穿著輕便上衣的真希奈小姐，依然坐在沙發上睡覺。

「唔，是這個女人嗎？」

看到真希奈小姐懶散模樣的瞬間，村征學姊立刻皺起眉頭。

看吧，超不對盤的。

「征宗學弟，把她叫醒吧。」

「……這個人沒有那麼容易叫醒喔。」

畢竟我也不能把新猛虎射門踢進她的側腹部。

「哼嗯。」

當我正不知道該怎麼辦才好時，村征學姊緩緩地把真希奈小姐的鼻子捏住，並且她的摀住嘴巴。

「村征學姊！這種叫法看起來只像在暗殺啊！」

「不過，這樣子就能確實地把她叫醒吧。」

是這樣沒錯啦！

赤坂製作人也好，村征學姊也好。竟然都採用這種恐怖的叫人起床方式。

但是敵人（？）也不是省油的燈。經過了十秒……二十秒之後，真希奈小姐還是沒有清醒過來。

她痛苦得滿臉通紅。

「……嗯唔唔嗚。」

噗嘶嘶嘶、噗嘶嘶嘶。只有呼吸失敗的聲音，從被塞住的縫隙裡漏出來。

「唔，還真能忍。居然這樣都還不起來……」

「學、學姊，差不多該停手了！再這樣下去感覺她會窒息，好恐怖！」

在我的制止下，村征學姊的手跟指頭才不甘願地放開。

「噗哈……哈啊……哈啊。」

被解放的真希奈小姐，就這樣在睡眠狀態下進行幾秒鐘的換氣之後……

「……呼嚕。」

又再次前往夢的世界旅行了。看到那放鬆的臉龐，村征學說了句：

「……可惡，這張睡臉真讓人火大。」

「就是說啊。」

妖精瞇起眼睛低頭看著真希奈。

「真是的……既然如此…………」

她稍微思考一下後。

「把她衣服脫光吧。」

「給我住手！」

「想必這傢伙只要脫成全裸，就會精神高亢地醒過來。」

「那只有妳才會吧！」

還有不要邊揉睡夢中的女孩子胸部一邊講話啦！

這樣子我眼睛會不知道要看哪邊吧！

「嗯……唔唔……嗚……」

剛才還睡得很香的真希奈小姐，因為妖精的蠻橫行為露出好像在作惡夢的表情並且呻吟著。

她的臉慢慢染上紅暈——

「唔……唔嘻嘻嘻嘻！」

啊，醒來了。

「等等！這是什麼！為什麼會有不認識的金髮美少女在揉我的胸部！」

真希奈小姐被搓揉胸部後整個人跳起來，由於無法掌握狀況就只能不停眨眼。妖精則泰然自若地對她自我介紹。

「初次見面妳好，本小姐是超級天才輕小說作家山田妖精唷。」

「啊，妳好。初次見面——不對啦！妳要揉到什麼時候啊！」

一邊咂舌一邊揉著豐滿胸部的妖精把緊抓住的手放開，接著瞇著眼睛向我說：

「征宗，讓本小姐告訴你——巨乳只要被揉就會醒來。」

隨便講這什麼話啊。

「我用這種方式叫醒她的話妹妹會生氣，所以不可能啦。」

「……在那之前我會先生氣呀。」

真希奈小姐雙手遮住胸部，用害羞的表情說著。

「呼啊……」

她打個哈欠又揉揉眼睛，接著用含糊的聲音……

「我是腳本家葵真希奈，現在正跟正宗先生同居～」

講出這種會引來誤會的自我介紹。

……有先跟村征學姊還有妖精說明情況真是太好了。

「……所以？是山田妖精妹妹跟……那位是？」

「我是千壽村征，是敬愛著和泉征宗老師的讀者。」

村征學姊挺起豐腴的胸膛，俯視著對方並如此報上名號。

還是老樣子，完全不會自稱是小說家或作家。

對她而言最重要的，就是身為我的讀者這件事吧。

「千壽村征，是那位千壽村征嗎！」

「沒錯，就是那位千壽村征老師。」

我代替講出難以理解的自我介紹的學姊，回答真希奈小姐的疑問。

「村征學姊對於《世界妹》的內容，似乎有話要跟真希奈小姐說。」

「喔～～是這樣啊。什麼事呢？」

真希奈小姐發出嘿咻聲後，就坐回沙發上。

「我是和泉征宗老師的書迷，同時也是《世界妹》的粉絲……」

村征學姊用低沉的聲音說到這邊，接著用力睜開眼睛如此宣言：

「葵真希奈！妳是否真的有那個能力擔任《世界妹》的腳本家，就讓我在這裡對妳進行測驗吧！」

這段熱血的台詞簡直就跟漫畫一樣。相對地，真希奈小姐睡眼惺忪地眯著眼睛。

「咦～～才不要。」

「什麼……為何拒絕！」

「因為好麻煩。」

那是非常敷衍了事的回答。

這是「性格完全相反的兩個人進行對話的情況」的優良範例。

她們兩人完全保持自己一貫的立場，沒有絲毫妥協的餘地。

妖精迅速察覺到這種氣氛後，立刻強硬地要打破這個僵局。

「真希奈，這好像很好玩，所以妳就接受村征的測驗嘛。」

「喔，才第一次見面妳就直呼別人的名字呢。」

「哎呀，不行嗎？」

「沒有，是不會不行啦。不過測驗好麻煩喔。」

「嗯，跟村征比起來，真希奈的主張比較正確。不過……」

「不過？」

「小村征，請妳對她說說那段慣例的台詞吧。」

「嗯，既然不願意接受我的測驗那也沒辦法……」

在有如水戶黃門電視劇的語氣催促下，學姊一臉認真地說：

「只能請妳以死謝罪。」

「她眼神變得好認真！」

臉色瞬間慘白的真希奈小姐，向我投以求助的視線。

她的心情我十分了解，村征學姊的這種情況，我已經看過好幾次了。

「真希奈小姐，村征學姊是不會開玩笑的。請妳把她當成超級糟糕的原作粉絲，以此來應對她吧。」

「咦～～可是我不想測驗啊～～」

真希奈小姐的表情扭曲到好像真的很不想測驗。

「真希奈，當村征開始因為征宗的事情講出那種話時，還是早點處理掉比較好喔。不然的話，她可是會不停纏著妳。當動畫播放結束覺得已經沒關係而放鬆警戒時，她就會跑去妳家裡頭喔。」

妖精內心的村征學姊形象好過分。不過的確有呢，那種恐怖的粉絲。

聽完這句話，真希奈小姐只能嘆口氣並且用手指比個圈圈。

「ＯＫ。這樣看來，拒絕才比較麻煩。我就接受這個測驗吧。」

「就是要這樣。」

村征學姊點點頭。

「那麼……馬上讓我看看現階段的成果吧。」

真希奈小姐把現階段已經完成的成果——也就是系列構成與才剛寫好的第一話腳本交給村征學姊。

村征學姊在真希奈小姐對面坐下，閱讀著顯示在平板上的文章。

我跟妖精也各自坐在兩人身邊，觀看她們的情況。

不久後……緊盯著腳本閱讀的村征學姊把頭抬起來。

然後說了句：

「寫得很好。」

「喔……」

我不禁睜大眼睛。不是啦，因為……

「自己跟他人都承認是原作廚的村征，竟然這麼乾脆就認同。這可相當不簡單吧……」

妖精直接把我內心想說的話講出來。

不過村征學姊接著說了聲：「不過……」

「只有這樣還不知道。還無法確信，妳真的適合擔任《世界妹》的腳本家。」

「那這樣，要怎麼辦？」

真希奈小姐如此詢問，村征學姊回答說：

「下個月發售的《世界妹》第五集原稿……妳當然已經閱讀過了吧。」

「嗯，在頗為衝擊性的發展下結束了呢。」

「沒錯，是非常完美又令人在意後續的結束方式！我現在就已經很期待續集了！」

如果要解說這段對話，就是我被村征學姊死纏爛打地要求，所以已經把發售前的原稿拿給她讀過了。既然熱情的書迷能這麼說，那對發售日前的作者來說也能放心了。學姊很開心地繼續說：

「所以說，這是最終試練。接下來要請妳把《世界妹》第五集的後續……也就是第六集的開頭寫出來。」

「啥？」

「這代表並非原作者的妳，要試著預測台詞和發展把續集寫出來！就把這個當成妳的最終試練吧。」

「……妳知道，自己在說些什麼嗎？」

「那是當然。既然是原作被託付到手上的腳本家，當然辦得到才對。」

「當然辦不到啊！」

「辦不到？那妳只有死路一條。」

「等一下！妳是開玩笑的吧！」

她不是開玩笑的……！

村征學姊只要遇上跟和泉征宗有關的事情，就會變成這樣的人……！

「順帶一提，我辦得到。雖然應該無法完全一致，但是和泉征宗的作品，沒有人能比我更加理解其中內容的了。」

村征學姊超得意洋洋地挺起胸膛。真希奈小姐看到她這模樣，用傻眼的表情說：

「……哎呀，正宗先生。你被超麻煩的女人附身了呢。」

「這種形容方式還真駭人。」

「這個人真的很可怕，完完全全都是在講真心話……不過總而之，不寫的話好像會被殺掉，那就來稍微寫一下吧。」

「咦？辦得到嗎？」

「誰知道～～？大概差不多能辦到了吧。」

這回答還真是隨便。

唔……

村征學姊也好，真希奈小姐也好。對身為原作者的我而言，被說成那麼簡單就能預測並且重現原作劇情，只會感到不爽而已。

辦得到的話，妳就試試看啊。我內心是這種心情。

「既然妳這麼說的話，那就寫來看看吧。然後再跟我現在執筆中的第六集開頭比較看看吧。」

「那我趕快寫一寫，你就泡個茶等我寫完吧。」

十分鐘後。

「來，完成嘍。」

真希奈小姐把《世界妹》第六集開頭兩頁左右，只靠預測寫出來了。

她不是用小說，而是腳本的形式。是只有台詞跟狀況說明的簡樸文章。

這些被顯示在每個人的平板等媒體裡頭，供大家閱讀。

真希奈小姐向村征學姊詢問：

「對了，村征老師。如果我寫的『妄想第六集』內容出錯的話，那該怎麼辦？」

「錯誤的部分，每出現一段就折斷一根手指妳覺得如何？」

「妳好像會自己實踐那種修行，這種性格好恐怖喔！」

回顧剛才的言行舉止，她好像真的會這麼做。

然後——

關於測驗的結果如何……

「…………喔，跟我的預測幾乎相同呢。」

「征宗，快點對答案吧。真希奈寫的這個預測，大概符合多少呢？」

「………………………」

我整整停了好幾秒的空檔才回答說：

「咕唔唔……符合了……大概七成左右……包含台詞在內……」

可惡~~~~~超不甘心的！

大概有被讀者來信猜中接下來的發展時那種程度的不甘心！

「喔~~我還滿能幹的嘛。」

真希奈輕撫胸口鬆了口氣，此時村征學姊對她說了句：

「看來是三根指頭。」

「妳是惡魔嗎！」

「開玩笑的。」

完全是一臉認真表情說著的村征學姊，用怨恨的眼神瞄著我。

「……我也是會說些玩笑話的喔。」

「不要開些對心臟不好的玩笑啦。」

跟妳的父親還真像。

「算了，總而言之……」

學姊輕咳一聲，面向真希奈小姐。

「試練合格了。我承認──妳是個值得把《世界妹》託付給妳的腳本家。」

「喔、喔……總之，不用被折斷手指真是太好了。」

也許是緊張感和緩了，真希奈小姐打了個哈欠。妖精興致勃勃地問說：

「嘿～～不管是真希奈還是村征，真虧妳們能猜中七成呢。」

「哼，當然。我擁有比任何人都要深沉的愛。畢竟總是不斷猜測後續，結果就自己寫出後續了。正因為如此，我跟征宗學弟的小說才會如此相似。」

「哈哈！這就是同居的成果！不過嘛，正宗先生寫戀愛喜劇時幾乎不會弄出什麼拐彎抹角的劇情。基本上都是直接往『應該會這樣吧』的方向發展，開頭妹妹一定會登場，每一集都會仔細地用對話來說明上一集的內容大綱，所以非常好預測喔。」

「後續都給妳們寫就好了啦！笨蛋！笨蛋！」

看來似乎能寫出很棒的腳本，真是讓我放心了。可惡！

鬧彆扭的我丟下這句話，就走到房間的角落去了。

妖精、村征學姊、真希奈小姐的初次見面雖然是這種感覺……

但是當我正以體育課坐姿在賭氣時，女性們進行著危險的對話。

「所以，村征也要來嗎？同居。」

「…………我、我要。」

村征學姊害羞地小聲說著。

「哎呀？妳們也要一起住嗎？」

「對啊，是在妳睡覺時決定的。」

「喔～～…………順便問一下，兩位跟正宗先生是什麼樣的關係？」

「未來的妻子。」

妳又講那種話……！

「我、我是girl friend。」

學姊似乎很中意這個名詞。

真希奈小姐聽到她們這些會不斷誘發誤解的台詞後，雙眼開始閃爍光輝。

「等一下！真的假的！你們幾個竟然在現實裡搞戀愛喜劇嗎！嗚哈，這下子開始變得有趣起來了耶～～！」

她的情緒瞬間高漲起來。

「不不不，請不要擅自決定好嗎！我還沒有許可，而且也沒有多餘的房間！更何況紗霧──」

這我可沒辦法聽過就算了，於是就插嘴進去。

「放心吧，關於這點本小姐當然也考慮進去。」

妖精似乎是預料到這句話般，立刻這麼回答。

「首先第一點。即使我們在這個家裡頭也不會對紗霧造成什麼負擔，這是已經證明過的事實。」

「……唔。」

妖精這傢伙，居然用講道裡的方式來說服我。

「第二點。雖說是同居，但水晶宮殿跟和泉家已經跟二世代住宅沒兩樣了，就算沒有多餘房間也是ＯＫ的。」

「……嗯、嗯……這個嘛……」

「最後一點。讓我們一起同居，能夠幫助你們實現『兄妹的夢想』喔。」

「「……這是什麼意思？」」

不只是我，就連打算要同居的村征學姊本人都顯得相當困惑。

「剛才也有稍微說過一些了……就算是和泉征宗，要監修動畫、遊戲、活動……也差不多快要接近極限了吧。」

「唔……」

不愧是有經驗的人，被她發現了。

「……算是啦。不過京香姑姑也一起搬來跟我們居住後，家裡非得要我來處理的事情也減少了──」

「即使如此，也還是很辛苦吧。」

「……………」

我沒有回答，而是用問題來回應問題。

「說起來，這些事情跟同居有什麼關係嗎？」

「你的工作，就由本小姐和村征來幫忙。」

「咦？」

我不斷地眨眼。

「真、真的嗎？」

「嗯，真的喔。」

妖精笑了出來，她先指著村征學姊。

「有著跟原作者同等以上的水準，能夠進行監修與修正的超原作廚小說家。」

接著又得意地指著自己的臉。

「參與各方面的動畫製作又獲得豐碩成果，超級偉大的本小姐。」

最後把朝向上方的手掌，遞到我面前。

「就由我們兩個，來擔任和泉征宗老師的助手吧！」

對吧，村征♡她這樣向隔壁的人尋求同意。

「那、那當然！如果我能夠幫上征宗學弟的忙……那真是求之不得！」

「────」

需要花上幾秒鐘，我才能整理好這個狀況。

我站起來，並且深深一鞠躬。

「……那個……謝謝妳們……真的……這真是……幫了個大忙！」

真的快哭出來了。原來，我擁有這麼值得信賴的夥伴呢……

就這樣。

我那漸漸變得越來越忙碌的工作室，新加入了沒有比她們更值得倚賴的助手們。

──代價就是，會播下引發騷動的種子。

我跟兩位最強的助手一起回到自己房間。

真希奈小姐因為截稿時間真的很緊迫了，所以就在客廳工作。

經過跟妖精還有村征學姊的交談後，她看起來充滿幹勁。相信她在兩天後的腳本會議開始前，一定能寫出非常優秀的原稿來。

「征宗，總之先把你工作的時程告訴我們吧。」

「這個嘛……說得也是。妳們看那邊。」

我只著桌子旁邊的牆壁。

貼在那邊的，就是和泉征宗的工作時程表。

7

July

SUN	MON	TUE	WED	THU	FRI	SAT
					1	2 動畫化確定！ 第一次腳本會議（見面認識）
3	4	5 18點～ 於編輯部進行討論（關於時程方面）	6 截稿 官方網站原作者感言	7 18點～ 於編輯部進行討論（官方廣播節目）	8 截稿 動漫販售店用簽名書50本	9 18點～ 第2次腳本會議
10 《世界妹》第4集發售!!! 截稿 原作設定資料提出 《世界妹》原作第6集大綱	11 截稿 月刊漫畫Magical刊載用中篇&原作者感言 《世界妹》第5集插畫檢查	12 截稿 廣播腳本監修 《世界妹》手機遊戲企畫書檢查	13 截稿 書店販售會用短篇 漫畫版《世界妹》分鏡檢查	14 18點～ 於編輯部進行《世界妹》第5集最終檢查(校稿)&討論(手機遊戲)	15 截稿 《世界妹》手機遊戲原作者意見提出	16 18點～ 第3次腳本會議&討論(原作第6集)
17 拜訪葵真希奈老師家 《世界妹》第6集開始執筆	18 校慶	19 搬家 討論同住相關事宜 截稿 漫畫版《世界妹》印刷版檢查	20 截稿 廣告刊載用隨筆	21 截稿 挑選甄選用台詞 準備對談	22 18點～ 於編輯部對談	23 18點～ 第4次腳本會議 截稿 系列構成第一稿 超重要!
24 暑假開始	25 截稿 對談企畫的短篇	26 第6集想要在這天寫完！	27 《世界妹》ADV劇本開始監修 截稿是8月3日	28	29 截稿 原作《世界妹》第6集初稿	30 18點～ 第5次腳本會議 截稿 系列構成第二稿 第1話腳本第1稿
31 19點～ 於編輯部討論（《世界妹》原作第6集初稿）						

監修工作來了要馬上處理！
遊戲真是恐怖！

妖精仔細推敲我這個月工作時程表後，嘴角開始顫抖。

「嗚哇——這比本小姐那時候還要慘烈。」

「這不是幾乎每天都有什麼東西要截稿嗎？你是那個嗎？有喜歡被虐待的興趣嗎？」

我好像經常被這麼說。

「再說這種時程，絕對不可能辦得到吧。」

「不會不可能。我辦得到，也要辦到。這個工作時程是絕對必須完成的工作的最低限度——說真的，我還想要把更多工作在暑假期間提前做完。一旦開學，能工作的時間又會減少一半了。」

「你那種心態，真的很噁心耶。雖然本小姐喜歡你，但只有這點敬謝不敏。」

妖精像是作嘔般吐出舌頭，村征學姊也皺起眉頭。

「……正在進行動畫化的原作者，真的都非得要做到這種地步才行嗎？我那時候就只有撰寫原作小說而已耶。」

「說必須要做完這可能不太正確——是我自己決定要這麼做的。」

為了夢想、為了紗霧，最重要的就是為了我自己。

「呵……這樣啊。既然如此，那我也不必多說了。」

村征學姊露出苦笑。

「所以？征宗學弟，我們該做些什麼才好？」

「我們什麼都可以幫忙喔。」

……啊～我真的會感動到哭出來。

「那我就毫不客氣地請妳們幫忙嘍！」

我把電話簿大小的整疊紙，在前輩們面前……

咚！咚！咚！咚！咚！咚！地堆疊起來。

「妖精！村征學姊！這次要發售《世界上最可愛的妹妹》的ＡＤＶ遊戲，可以拜託妳們監修它的劇本嗎？」

「不要啊啊啊啊！遊戲的劇本監修嗚嗚嗚！」

一年前，曾經親身體驗過這份工作的妖精學姊，以驚悚的表情發出悽慘的慘叫聲。

「這可是超級天才輕小說作家山田妖精選出來『絕對不想做第二次的工作的第一名』喔！你、你居然要本小姐再做一次這種工作……你、你這個鬼畜輕小說作家！這個後輩還真的完全沒在客氣耶～～～～～～！」

哎呀～能請到有經驗的人來幫忙，這真是謝天謝地呢！

雖然妖精學姊並沒有像村征學姊那樣把我的作品讀得無比透徹，但是她擁有監修遊戲劇本的相關經驗。如果能請她在原作者檢查前事先閱讀過，應該能期待有著縮短許多時間與提昇品質的效果吧。

另一方面，村征學姊似乎還搞不太懂的樣子。

「哼嗯……什麼是監修？」

「這些全部都是遊戲的劇本作家們所寫的劇本文章。由於不是原作者所寫的，同時又是由多位人員分擔撰寫，所以直接使用的話會產生各種問題。例如說跟原作設定有微妙的不同，不然就是角色的語氣和性格有誤。修正這些部分的作業，就叫作『監修』喔。」

「也就是說我要把這些全部閱讀完，然後將不滿意的地方重寫就好了嗎？」

「村征學姊的話，那麼做也沒關係。」

村征學姊是實力在我之上的小說家，也是跟我同等甚至更熟悉原作的人。就算請她把自己當成原作者來進行監修，也不會有任何問題吧。

當然最後的潤飾，我是打算自己負起責任檢查。

「原來如此，交給我吧！」

村征學姊抱著厚重的整疊紙抿嘴一笑。

「…………不過，把這些全部重新寫過應該也無所謂吧。」

「監修到那種地步的話，不就得把千壽村征老師的名字放進製作名單裡頭了啊！」

那種作品我也想看呀！

真是值得信賴的助手耶！

然後——

輕小說作家三馬力，以猛烈的速度把工作處理掉。

我負責撰寫原作小說，村征學姊和妖精則幫忙遊戲監修的工作。當然這兩邊都不是能在一天之內結束掉的東西。

妖精學姊說：「希望至少有半個月啊。」

所以，到晚上她們兩人就會回去隔壁家裡了吧。

我是這麼想的……

妖精跟村征學姊在我家吃晚餐、在我家洗澡、在我家換上睡衣——

明明都已經晚上十一點了，不知為何現在還待在我房間裡頭。

「……那個……妳們兩位……已經很晚了……不回去沒問題嗎？」

我對她們兩個講出已經不知道是第幾次的相同台詞。

穿著睡衣的妖精隨性地趴在我的床上，她把我的棉被蓋到頭上然後笑嘻嘻地看著我。

「咦～～末班電車已經開走了呀～～」

「妳家就在隔壁吧！」

「呵嘿嘿嘿，好啦好啦，本小姐會再多幫些忙的。你就別客氣了，這也是為了可愛的後輩嘛。」

「那不是躺在床上的人該講的話吧。」

順帶一提，妖精吃完晚餐後就一直像這樣占據床鋪。一下找我聊天，一下拿漫畫看，不然就是玩手機。

雖然很感激她做出美味的晚餐，但是剛才拜託她的遊戲監修就沒怎麼幫忙……看來她似乎真的打從心底不想做。

另一方面，村征學姊穿著之前那件藍色小魚的睡衣。

坐在床邊的矮桌，默默地進行工作。

她早早就放棄「監修」，將劇本全部重寫——也就是由千壽村征老師全新撰寫的《世界上最可愛的妹妹》遊戲劇本正在執筆中。

剛才那些話似乎完全不是在開玩笑。

「學姊，雖然真的很感謝妳這麼幫忙……不過已經十一點了喔。」

「……嗯……已經到這種時間了啊……呼哈……難怪很想睡覺。」

「所以，也差不多——」

「是啊……差不多該睡了。」

學姊緩緩站起來，大大伸個懶腰之後。

就直接躺到我床上去。

「咦！學、學姊！」

她就這樣像是蠕動般鑽進妖精蓋著的棉被裡頭。

「等、等一下！為什麼連妳也跑進來了！本小姐有在家裡幫妳準備房間了吧！回去那邊睡覺啦！」

「……我、我今晚要在這邊睡！妖精妳才該回自己家裡去睡覺吧！」

「啥？別說那種蠢話了！妳趕快回去啦！」

兩名身穿睡衣的美少女，開始在狹窄的床上推來擠去。

真是不得了的情景。

「這、這是妳提議的吧！說為了恢復征宗學弟的疲勞，所以應該要同衾共枕地跟他一起睡覺……！」

「所以說那是要由本小姐來陪他睡啊！」

「妳在說什麼！妳們兩個在說些什麼！」

當我慌忙介入阻止時，卻被她們兩個狠狠瞪視。

「既然是同居，那當然要一起睡呀（才對吧！）」

「就像是二世代住宅所以不需要房間」這句話跑那去了。

但她們實在不像是能把這句話聽進去的樣子。

「擅自讓女孩子留下來過夜的話，我會被京香姑姑殺掉的！」

「她今天好像不會回來，所以沒問題！」

「妹妹會大發雷霆啊！」

「哎呀。我們要幫征宗學弟處理工作的事情，你不是已經告訴她了嗎？」

「但我沒說要一起睡啊！」

這到底是什麼情況！

被兩名穿睡衣的美少女逼著要同床共枕……最近的輕小說也沒有這種發展呀！

「征宗！」

「征宗學弟！」

「「你要跟誰睡！」」

這個無論何人都會被魅惑的恐怖問題，我──

「哪邊都不睡！」

緊握拳頭，喊出理所當然的答案。

「現在的我，根本沒──────有空閒去睡覺啊！」

我轉動椅子，以猛烈的氣勢繼續開始工作。

「唉……看吧，村征。我們有來真是太好了對吧。」
「真的是這樣……這麼讓人想要嘆氣的情景，實在很難遇上呢。」
我好像聽到她們兩人低聲交談的聲音。

結果——
妖精跟村征學姊沒有回去。
我也沒有睡覺。
寂靜的時間過去。
回過神轉頭一看，只見到她們兩人親密躺在一起熟睡的模樣。
「…………………………」
謝啦，學姐。
在心中低語後，我再度面向桌子。
窗簾微微開啟。
從窗戶窺見的天空，已經漸漸開始泛白。
經過一段時間後。
「呼啊……啊～～～～～～～～～～」

我坐在椅子上，用力伸個懶腰。

閉上眼睛後，能清楚感受到眼瞼裡頭的血管不停跳動著。

自己也有集中力降低，並且感到疲勞的自覺。

「來去洗個臉吧……」

我搖搖晃晃地站起來，拖著不穩定的腳步走出房間，往盥洗室前進。

這時候──

「！」

嘎嘰，「不敞開的房間」開啟了。

「紗、紗……」

從房間裡走出來的那個，緩緩站到我面前。

「紗霧！」

沒錯。

我茫然地睜大眼睛，以凶狠眼神瞪視過來的人就是我的妹妹紗霧。

而且還是穿著可愛的睡衣。

「…………………」

纏繞著嚴峻氣息的妹妹，就這樣默默地抓住我的手並開始拉扯。

「喂、喂……？」

「…………………………！」

她繼續拉扯。

用行動表示出要我乖乖跟上的意志。

我只能在不明所以的情況下服從她。

「………………」

紗霧緊緊抓住我的手，就這麼打開自己房間的門，把我拉進去。

然後——

啪咚，喀嚓。

「…………紗、紗霧？為什麼要鎖門？」

「………………」

紗霧沒有回答受驚的哥哥所問的問題。

她用有如京香姑姑的冰冷眼神指著地板。

「…………是、是要我……坐下嗎？」

「…………」

紗霧動也不動，持續指著地板。

冷若冰霜的眼神，只讓人感到害怕。

我乖乖跪坐在妹妹面前，完全就是要被說教的姿勢。

這時候，紗霧終於開口說話：

「……哥哥……………你知道……為什麼我會這麼生氣嗎？」

果然是在生氣！

不過，這種事情我當然是心裡有數。

我在焦急又對妹妹感到害怕的情況下開始解釋：

「……因、因為妖精……跟村征學姊……在我房間過夜的關係？但、但那是有原因的啊！」

「不是。」

「而且我真的沒有碰她們兩人一根手指——咦？……不是……嗎？」

「不是。」

紗霧用力搖搖頭。

「雖然你讓小妖精她們過夜的事情我也非常、非常、非常、非常、非常、非常、非常、非～～～～～～～～～～～～～～～～～～～～常生氣……」

到底是有多生氣啊。

紗霧大人好恐怖……

「……但我現在最生氣的……是別的事情。」

「？」

我頭上只能浮現疑問符號而已。

因為完全想不出是什麼事情。

紗霧看著我跪坐的臉龐。

「你完全不懂對吧。」

「什、什麼？」

「京香姑姑也是，小妖精也是。一定還有其他很多人都跟你說過才對……但是哥哥你……卻一點也不懂！」

還真的好久——沒有被妹妹直接這樣大發雷霆地痛罵一番了。

「為什麼今天也沒有睡覺！」

「！」

「昨天也是！前天也是！上次好好睡覺是什麼時候！」

「…………」

「我……講過好幾次了！也拜託你了！要你好好睡覺……！」

「不，那個——」

我有好好睡覺啊——雖然想這麼說，但是卻說不出口。

因為那樣會變成是在說謊。而且，也絕對會被看穿。

「……抱歉，可是——」

「沒有什麼好可是的。」

她把臉一口氣靠過來。

「……暑、暑假期間就……」

「不行。」

「我不希望因為工作進度延遲，而變得無法參與動畫製作。下次的腳本會議，終於就要把第一話的腳本——」

「不必多說。」

她的臉靠得更近了。

那微微睜開的眼睛，完全就是在瞪著我。

「要是哥哥得變成這樣的話……那夢想不用實現也無所謂。」

「喂、喂，紗霧！妳這是——」

只有這句話不能說出口吧！

當我生氣地打算反駁什——

「嗚……」

我辦不到。

紗霧的眼睛流下淚水。

「……哥哥……你……正在……做我最討厭的事情……」

紗霧發出哽咽，然後緩緩指著自己的床。

「去睡覺。」

「什麼？」

「現在立刻，去那邊睡覺。」

「什麼！」

「接下來……就由我來監視……哥哥是否有好好睡覺？」

「監、監視……還要我在這裡睡……」

由於一次接受到過於巨大的情報，讓我的腦袋好像快要撐破了。

監視這個危險的單詞雖然也一樣，但是最讓我陷入混亂的——

我？要在紗霧……在喜歡的女孩子床上睡覺？

「妳……知道自己在說些什麼嗎……」

紗霧用不容分說的語氣宣言：

「今天開始，哥哥要跟我同居。」

「妳、妳在說什麼啊！妳跟我從以前到現在不是一直住在一起嗎！」

「不是。如果不是住在同一個地方，就稱不上同居。」

「所以我們不是住在同一個家裡頭嗎！」

紗霧再度搖搖頭。

「這裡。」

「從今天開始，你要跟我一起住在這個房間裡。」

後記

我是伏見つかさ，在此非常感謝各位肯把情色漫畫老師第七集拿在手上。首先請先讓我向各位道歉。在上一集的後記裡頭由於我寫了「將會竭盡所有力量……」這段話的緣故，所以似乎讓許多人以為第七集將會是最後一集。不過本作還不會結束，請大家放心。

今年雖然是我出道十週年，但是到現在依舊還是不習慣「出版書籍」這樣的大事件。每一本書籍，對我來說都可能是人生最後的出版物。

因為可能會是最後，所以都要毫不後悔地使出全力，把最有趣的內容送到讀者手上。

每一次，我都是抱著這種心情在執筆。

所以當我在結尾寫下待續時，就會拚命努力到讓自己非得寫出續集才行。「將會竭盡所有力量……」這句話，是參加動畫製作並且把原作小說寫到最後，這麼一來這次就真的會用盡所有力氣的意思。我必須懷抱這種心情來進行挑戰，也想把這股幹勁傳達給大家。

害大家誤會，真的是非常抱歉。

由於還不知道是否能夠公開，所以不能說出名字，但是藉由值得信賴的團隊努力下，《情色漫畫老師》的動畫製作正順利進行著。
我自己也將負責其中一部分的腳本。
我認為這應該會成為一部非常可愛的動畫，還請大家敬請期待。
從這次的第七集開始，和泉家的室內配置變更為跟動畫相同的配置。
這點還請各位理解。

伏見つかさ

Kadokawa Light Novels

被捲入
亂七八糟的
青春戀愛喜劇
還是覺得
生在世上真是
太好了。
阿玉快跑
TAMA-RUN!
比嘉智康
TOMOYASU HIGA
本庄マサト
MASATO HONJO
Kadokawa Fantastic Novels

阿玉快跑！被捲入亂七八糟的青春戀愛喜劇還是覺得生在世上真是太好了。

作者：比嘉智康　插畫：本庄マサト

如果你只剩一週可活會怎麼辦？
多角關係青春戀愛喜劇開演！

「玉郎」玉木走太被醫生宣告壽命只剩下一個星期。他的三名兒時玩伴提議「來瘋狂做一堆會讓自己覺得『生在這個世界真好』的事情」，並找來玉郎暗戀的美少女月形嬉嬉，玉郎甚至在死前得到了嬉嬉一吻——結果才發現是醫師誤診——!?

NT$180/HK$55

台灣角川

Kadokawa Light Novels

～μ's的聖誕節～

LoveLive! School idol diary

著：公野櫻子　插畫：室田雄平 音乃夏 清瀨赤目

讓這座城市——充滿我們的歌聲。
實現吧，我們的夢想——

由μ's成員們輪流撰寫的《School idol diary》全新系列作。進入十二月，期末考結束後就是聖誕假期的開始。絢瀨繪里與東條希漫步在聖誕燈飾點綴得五彩繽紛的街道上……本書共收錄了四篇能夠溫暖心靈的冬季故事。《School idol diary》系列第三彈登場!!

各 **NT$180/HK$55**

台灣角川

Kadokawa Light Novels

你的名字 Another Side:Earthbound

作者：加納新太　插畫：田中將賀、朝日川日和

新海誠最新力作《你的名字》外傳小說！
深入探討角色們的背景及心境。

住在東京的男高中生瀧因為作夢，開始會跟住在鄉下的女高中生三葉互換靈魂。瀧後來漸漸習慣了不熟悉的女性身軀及陌生的鄉下生活。就在瀧開始想更了解這副身軀的主人三葉時，周遭對不同於以往的三葉感到疑惑的人們也開始對她有了想法──

台灣角川

NT$220/HK$68

國家圖書館出版品預行編目資料

情色漫畫老師. 7, 因動畫而開始的同居生活 / 伏見つかさ作 ; 蔡環宇譯. -- 初版. -- 臺北市 : 臺灣角川, 2017.04

面 ; 公分

譯自 : エロマンガ先生. 7, アニメで始まる同棲生活

ISBN 978-986-473-607-2(平裝)

861.57　　106002898

Kadokawa
Fantastic
Novels

情色漫畫老師 7
因動畫而開始的同居生活

（原著名：エロマンガ先生 7 アニメで始まる同棲生活）

2017年4月10日 初版第1刷發行
2023年10月2日 初版第6刷發行

作　　者：伏見つかさ
插　　畫：かんざきひろ
日版設計：伸童舍
譯　　者：蔡環宇

發 行 人：岩崎剛人
總 編 輯：蔡佩芬
副總編輯：朱哲成
設計指導：陳晞叡
印　　務：李明修（主任）、張加恩（主任）、張凱棋

發 行 所：台灣角川股份有限公司
地　　址：104台北市中山區松江路223號3樓
電　　話：（02）2515-3000
傳　　真：（02）2515-0033
網　　址：www.kadokawa.com.tw
劃撥帳戶：台灣角川股份有限公司
劃撥帳號：19487412
法律顧問：有澤法律事務所
製　　版：尚騰印刷事業有限公司
ＩＳＢＮ：978-986-473-607-2